误读全书

萧萧树 著

海峡出版发行集团
海峡文艺出版社

目 录

图灵	001
图灵 II	003
达·芬奇	006
芝诺	010
卡申夫	013
图灵 V	016
海森堡	020
图灵 III	024
佩雷尔曼	027
格罗滕迪克	029
格罗滕迪克 II	031
康托尔	035
图灵 IV	037
布兰登·布雷默	040
莱布尼茨	044
奎师那	048
图灵的石头	051
莱卡	053
卡雷	055
米沃什	058
佐杜洛夫斯基 II	061

佐杜洛夫斯基	062
一	062
二	063
三	064
四	064
五	066
海子	067
一	067
二	072
三	074
韦应物	077
雪莱	078
里尔克	079
古尔蒙	082
保罗·策兰	083
康拉德	085
威廉·布莱克	087
博尔赫斯	091
博尔赫斯 II	094
博尔赫斯 III	095
费尔南多·佩索阿	096
塔可夫斯基	099
安哲罗普洛斯	101
三岛由纪夫	103
庄周	108
仓颉	110

尼采 ... 111
    一 毁灭 ... 111
    二 对称 ... 112
    三 悖论 ... 114
    四 存在 ... 116
维特根斯坦 ... 119
毕达哥拉斯 ... 121
毕达哥拉斯 II ... 124
希伯斯 ... 126
希伯斯 II ... 128
阿基米德 ... 130
开普勒 ... 133
陀思妥耶夫斯基 ... 136
    上 ... 136
    中 ... 138
    下 ... 140
卡夫卡 ... 145
塞尚 ... 147
    一 ... 147
    二 ... 148
    三 ... 149
    四 ... 151
    五 ... 153
卡拉瓦乔 ... 154
    一 ... 154
    二 ... 155

三	156
四	159
克里姆特	160
高更	163
贝克辛斯基	166
平克·弗洛伊德	168
快乐小分队	171
苔藓	174
FATE	178
锈湖	184
独裁者	186
诗人	188
门	192
沙匠	194
上	194
下	196
奥德修斯	199
拉奥孔	201
贝斯特	206
牧豹者	209
贞人的审判	213
上	213
中	215
下	215
贞人的心灵	218
祖珍	221

深思 222

完美结构之书 227

    一 进化的链条 227

    二 有用的知识 229

    三 合理的结构 231

    四 自我的完美 234

寺山修司 239

时间 240

时间泡 242

尼安德特人 246

米歇尔·福柯 249

库布里克 251

莱布尼茨 II 253

叔本华 254

亚伦·斯沃茨 257

荣格 263

哲学之城 267

    一 267

    二 269

    三 271

抑郁鹿 273

仙人掌人 I 274

抑郁鹿 II 275

诞生与废弃之岛 276

佐杜洛夫斯基 II 279

π 281

I 随时的危机	281
II 承受着快乐	283
III 自我的分割	284
IV 万物藏密码	286
V 失败的上帝	288
VI 囚困中交流	289
VII 游戏的结束	291

彗星（结语） 293

创造误读的宇宙 294

图灵

那时还没有城市,最古老的一群树有的还活着。

记得那是一次雷电中,在混沌玄奥之处,这种生命第一次拥有了名字:人类。

那时群鸟以自身为元素构成更巨大的生命,看到几只来不及逃脱的胡狼燃烧着,在火焰中嚎叫。那时还没有时间。

没人知道他们如何表达,他们只有两个音节,呜。啊。

那极简的语法只能是数学,$1+0=1/1+1=10$,更多就是快乐,更少就是哀伤。那时亦无爱情,他们交换音节,缠绕彼此,形成众鸟般的大生命。

他们的情感没有什么界限,大多时候在沉默中,而有与无在这简单的法则下分裂演变,时间被堆砌起来,他们开始记录战争。

不知过了多久,语言成为一张巨大的矩阵,包容着历史和真相,但终也有了并不合法的逻辑,虚假和错误。演化越来越复杂,终于,他们有了纷争以至于世界大战,于是他们开始发明一种新的系统,能够对这精准无疑的逻辑进行阐述和修复,以此来结束纷争。终于一个叫图灵的伟大科学人提出图灵机的概念,即通过机器的运算,一切算法都可以进行模糊。

在此基础上，一代代科学人改进算法，最终，一种能适应复杂计算处理的机器被生产出来，它以蛋白质为基元，通过电子传导进行运算，将一系列复杂的判定模糊化，它结束了很多逻辑战争，因为它为逻辑立法。

后来人们给它增加了便捷式运动系统，以便对人类进行实时的监控，清除战争隐患。它们的权力越来越大，而人类中一些饱受战争之苦的叛变者开始信仰它们，因为它们是一切逻辑的终极判定，就在那些废墟上，最初的信仰诞生了，这些行走于地球的判官有了一个新的而隐秘的名字，叫作计算机器。

（一个颠倒历史的假想，我想表达的是，比如，硅基生物起初就是原住民，或者就像《英格玛》剧中，AI离开了地球，去创造新的文明一样，然后，AI进化成为了以碳基为载体的生命，会是什么样子，会有这种可能吗？）

图灵 II

朋友失踪了很久,下午突然打来电话,我问他去哪了。

他说那都不重要,他知道了一些事情,关于未来,也许听起来像预言甚至胡言乱语。

他说,未来机器人代替了人类,机器人的思维能力已经非常强大,足以设计完美的程序来统治世界。他说机器世界拥有了一台神谕机,包含了所有的停机问题。那里有一个机器人公主,她知晓一切,像一个女神。

他们知道所有的历史吗?我问。

是一切,朋友说,公主告诉了他一切,甚至他的宿命。他会陷入到一场恋爱,却颇有些柏拉图式爱情的感觉。

但那个女孩真正理解他,虽然,他们只能在书信中来往。开始的时候,他甚至以为这是一个朋友的玩笑,但在理智上,他坚信那是真的。他们用密码交流,她把密文写在许多书籍上,她篡改那些书中文字的意义,她知道只有他能理解那些密文。

而他,也浪漫地不再与大多数人交流,他把玫瑰花插在头上,在嬉皮士和禅学爱好者中醉酒,偶尔与一些神秘的胡子苍白的大师谈论奥义。

他想知道所有的答案，她则带给他灵感，他们从未见过，但见面的日子，会出现在一本古老书籍的特定的一段话中。

他发明了第一台神谕机，人工智能变得简单起来，这也让他明白自己与所追求的人类不能知晓的答案越来越近了。那是什么？关于一切，逻辑的根本亦是运算。

他不再想别的事情，仿佛只是生活在那些书信里，他的书越来越多，没有人知道，他在等待那本古老书籍中的那段特定的文字，而所有的线索，都在一本本书籍中，拼接、组合起来。

我问他为什么不给她打电话或干脆去看看她？

他说不可能，因为他已经明白，她其实在未来，她就是那个机器人女王！

这就像一个在循环之中寻求出口的人：他的思想创立了人工智能，但其实这只是为了解决他自己的问题，与人类无关。而在未来，更高级别的智慧，他们的问题与他一样，即，我们从何处来，我们是谁，我们到哪里去。而这一切的关键，便是，思索何为？

他的问题创造了那个机器世界，而机器人的问题找到了他！思索，即运算，而运算的法则，则是他赋予的。对于他而言，人工智能强大的思维，已经寻找到最终的意义，而那意义，便在那本用密码写就的未来之书中，这，便是他寻找那本书的目的。

他颤抖地问我，你明白了吗？

我疑惑地反问，也就是说未来与现在是同时发生的？

是的，只是宇宙整体的不同部分而已。他说，所以我们相爱，我们创造彼此又因彼此而生，我们的答案在彼此之中，虽然，我不知道，那本未来之书如何才能出现。

我感觉太不可思议了，我怎么能相信这些？于是我问他在哪，这次，他告诉我一个地址。

我急忙去了那里，但屋子里却空无一人，桌子上一片杂乱，除了一只被咬了一口的苹果。

电话再也打不通了，他到底在哪里？我去警察局报案，也找了以前我们共同的朋友询问，你们知道阿兰·图灵吗？

他们都摇摇头，仿佛从未有过这么一个人，如果我再问，他们便会以一种看精神病的眼光看着我……

达·芬奇

达·芬奇发明了一种新的科学,让他的画卷永不褪色。

这一秘密记载在一部永不会佚失的密卷中,这部书的存放地在一个人类永远无法到达的岛上,那个神秘的岛屿记录在一幅永不过期的地图上。

做这些事花费了达·芬奇三十年的时光,而后他用十年画了一位女士的画像,有一句诗形容之为:被时间珍藏的神秘微笑的宇宙。这幅画完工时,达·芬奇的使命便完成了,他知道那就是永不褪色的画卷。

很少有人从历史细节中寻找那种科学,更少有人去探求秘卷的真实性,而几乎无人知晓那幅地图和那座岛屿。但人类毕竟有一种神奇的特性,即对神秘主义的好奇,而只要有一两个人坚信这种神秘的存在,它便有很大的可能性最终保留下来。

所以,有人相信达·芬奇的科学是一种对色光赋值的技术,但达·芬奇想到的并非只是数字,自然万物都在数学之中,它们有很好的结构。例如色彩,达·芬奇深知色彩的秘密,也深知绘画无须线条,色彩的明暗冷暖才是画家眼中世界的本质,世界用光表达,因为上帝首先创造了它。达·芬奇为不同色彩赋值,他采用七进位制，这一发现在很久之后牛顿的色光实验中才再次被验证，而七进制不仅表示计算，而且表示维度，一个低维度中的运算完成后进入到下一维度，并作为下一维度的基准，如此重复，犹如赋格音乐。

达·芬奇运用这种色彩数学探究自然的本质，进而，在他的眼界中，三维的世界成为堆叠着的二维平面的复合体，而画作也可以通过他这一方式还原为七阶矩阵，它们形成了不同维度的连续。达·芬奇认为这种连续即世界的真像，进而他将时间解释为这种堆叠状态的增加和改变，时间的连续性是基于实无穷小的连续性，它的单位犹如光子的能量。自然，这便是更久之后普朗克发现的某种真理。

达·芬奇认为自己发现了终极秘密，他的画作便是建立在这种极小色彩叠加上的，他的技法完美地反映了现实。他准备推广这一技法，但他忘记了一点，即他自身对于色彩的敏感并非常人所拥有，虽然人类的视杆细胞可以感知单光子，但大部分人发掘不出这种潜能。

因此在达·芬奇的时代很少有人能够理解他，更不必说使用了。

达·芬奇写下了这部关于色光数学技法的秘卷，但他知道，他的画卷完成之时，也便成为了他所说的色彩维度的一部分，故而必然会成为新的维度堆叠的底色，他的画会改变，会褪色，甚至消失。于是，他创立了一个恢复原始色彩的复杂算法，而这，才是达·芬奇密卷的核心，这一算法便是光赋值技术的逆运算，被赋值的值变成可以用数学法则运算的元素，而它们已不再仅仅是数字，而是世间万物，甚至时间也成为运算中的某个参数，因此人们相信，这一算法可以还原宇宙的每个瞬间，这便是故事的背景。

人们相信，保存秘卷的岛屿被称为夕阳岛。之所以如此，是因为人们目测到它的概率极低，只有在"爱琴海的潮水涌动着白昼与黑夜交替的微光中，在他爱着的西西里岛的尖塔上，如盲人般远眺着混沌无序的大西洋，而头顶寂静燃烧的火星像天神沉默于对愚昧的愤怒时"，那座岛才会出现在他的视野里，他将那夕阳岛的惊鸿一瞥绘入那幅"被时间珍藏的神秘微笑的宇宙"中，但人们大多认为那只是一个虚构的背景。

后世自然不断有两三个神秘爱好者去寻找夕阳之岛，但几乎都是无功而返。也有人相信传说中"白昼与黑夜交替的微光"所指的应为日食，便有许多人去追逐西西里的日食，但时机难得。于是又有研究者声称，那"微光"或许是达·芬奇创造的一种火光，"微弱的，在海上反射着归航之船的火光"。那是另一个故事，也是整个故事成为谜题的关键。

但是，真相只有一个：达·芬奇曾告诉他最亲爱的朋友登上那座岛的方法，他相信他一定会去寻找那座岛，达·芬奇发明飞行器、设计轮船，但那朋友却说他可能太老了，眼睛已经昏花了，因此他看错了，那里根本没有一座岛屿，达·芬奇为此而万分悲伤。他爱他的朋友，他知道自己给了他数学，便是给了他一切。因此他无比愤怒，让朋友去寻找那座岛，并把秘卷给他，达·芬奇许诺朋友说等他回来，他会为他绘制一幅最完美的人像。

他的朋友去了，但永远没有回来，船在风暴中沉入大海，飞行器没有起飞便被海浪吞没。当然，后来的人们认为那飞行器根本无法起飞。达·芬奇得到朋友失事的消息，哀叹一声，说，或许之前我看到的是未来，没有那座岛，也没有永恒的画卷，因为我错误的认知。

达·芬奇的故事就此结束，但谁能知晓其真假呢？唯一的方式，便是找到达·芬奇还原时间的算法，而对于整个事件，这又无疑成为了死循环。但直至今日，人们试图还原蒙娜丽莎或维特鲁威人的原初形象时，就会有更多故事诞生，但无人可以判定。

有一天我去到西西里岛，在等待中，我看到火星的光明映照于海，一座夕阳岛浮现于虚幻，此时，我真想去那里，但某种孤独和绝望阻止着我，不要展现那些神秘的人类所知的真像，我离开了，但又怀疑着，真的有这么个故事吗，还仅仅是我自己的想象？

芝诺

回到石门,狗人的领袖迎接我。

在他豪华的殿堂,我们喝茶,谈论关于远方的奇闻逸事。

狗人奴隶们在大厅中为我们表演,主题是对一个男人的惩罚,当然我知道这其实并非表演:这是狗人的奇怪传统,即便在对陌生人的欢迎仪式上,他们也都在履行着日常的职责,只是为了不失礼节,他们会将日常行为戏剧化,进而成为了即兴表演。

我曾对他们这一奇怪传统的历史做了研究,其实最初他们并没有礼节的概念,那完全是源自外来文化,但礼节完全可以成为机械行为,这并不需要什么思想。而即便是他们的奴隶,其实在这种表演中拥有极高的执行力,这与长久的训练是分不开的,甚至低等阶层的人拥有更高的艺术表现力,他们可以朗朗上口地背诵悲剧,大概悲剧多是由他们的亲身体会改编而成,虽然那些创作悲剧的人时常因之被惩罚,但悲剧本身却流传下来,而且狗人们并不反对悲剧。他们有一句话很好地描述了这种行为:我们并不反对艺术,我们反对那些创造艺术的人,因为他们总是抱怨。

将艺术品与艺术家分开看体现了狗人的公正,而这种公正无处不在。这种表演成为了一种模式,这建立在狗人极少的感情冲动上,它们完全按照程式行动,很少受他们本身想法的影响,即便别人极其痛苦,他们也要完整地背诵一些诗句来配合演出。

其实从表演的行为上看,这种将生活强加入戏剧的行为其实更具戏剧性。

奴隶们戏剧化地将男人带过大厅,男人挣扎着,喊叫着,狗人奴隶却跳着芭蕾的舞步。我听到男人语无伦次地喊叫着几个词,关于无穷、连续,便感到了兴趣。

不妨让他说说是怎么回事,我向狗人领袖建议。

没什么可说的,好好欣赏吧,难道你不喜欢这种即兴性的表演?他问。

不,我只是对这个男人的话感兴趣。

他是一个疯子,他的话语是巫术,他密谋杀死我。

也许并非如此,我说,他可能是一位了不起的哲学家。

他的确有一些自称哲学家的疯子同党,他们谈论世界的结构、元初和所谓原理,而且总是做白日梦,各种不切实际的幻想。

对男人的惩罚继续着,奴隶们和男人一起把它表演为一场普罗米修斯般的悲剧,但看上去如此荒诞。我知道,在狗人的石门,观看酷刑和虐待是非常时髦的茶点,几个作陪的猫人疯狂地喊叫起来,就像在发情,它们也许会在餐桌上交媾。

我隐约听到男人依旧在辩解,运动是不可能的,时间也是不存在的,阿喀琉斯绝对不会追上乌龟。狗人领袖大笑着说，很久没有这样精彩的表演了，男人仿佛天赋极高，他的语言完美地配合了狗人们的诗句。

下面便是狗人领袖的审判，他像亚述古国歌剧中的男高音一样歌唱着：打败了人类的凯旋者，应该享有这种荣耀，我们将分食这个罪恶男人，因为他为魔鬼代言。

领袖说完，一群山羊人和猪人疯狂地欢呼起来，在大厅中跳起了埃及舞蹈，继而火把点燃，男人将成为正餐，狂欢才刚刚开始。

我不知该说些什么，其实在我到达的东方，很多王国崇尚哲学，也就是那种无聊的空想，因为它让生命升华，让人理解生与死的意义，也因而可以产生出更好的肉质，蛋白质和脂类的比例非常协调。你在想什么？领袖问我。

也许，如果它是一位哲学人，口感会更好，这是我的经验，所以领袖先生，您不妨这样认为吧，有时候我们需要欺骗自己，同时这也可以将我们和为魔鬼代言的哲学人区分开来。

卡申夫

道路将为你而升起,这是一句苏格兰民谣。

有一个自然科学的笑话,上帝看到伽利略发明了望远镜,便急忙把天空中原来的幕布背景做成了立体背景,我们不考虑其背后的哲学思想的严谨性,仅从现象层面看,这的确反映了人与自然的某种关系。自然界对观察者常有某种钟爱,而对流亡者似乎更甚。

流放的屈原可算是一位植物学专家,后世汇总探讨《楚辞》中出现的草木,有多达54种,《离骚》中有28种,只是如今很多都看不到了。有一次我在石门郊外的山上发现了打碗碗花,已经二十年没有见过,还有一次在一座小花园看到四五只蜂鸟鹰蛾,那在北方似乎很少见,人们都以为那是蜂鸟。小时候我时常跟爷爷去野外观察植物和收集石头,在河堤上,有人为一些鸟的名字争辩,但后来环境恶化,连萤火虫都很少了。那时我家有一座小花园,爷爷对植物异常喜爱,植物的花序类型和花瓣形状代表着不同的对称,这也发展成为两种不同哲学的象征,即古埃及的生命之花与东方的曼荼罗,生命之花是一种几何思想,是实证的,逻辑的,而曼陀罗是一种生命体验,是唯心的,神秘的。

荣格后来背离了分析性的弗洛伊德心理学,投入东方哲学并写出《金花的秘密》一书，希望融汇道的思想，因为他发现生命的秘密在不可知的无穷中。拉马努金则似乎是将东方神秘的感知，融汇到了对于数字秘密的解读中，他对数论的敏感令人触不可及。

几何的逻辑性与道的神秘性在花的结构中相遇，这仿佛一种更高层次的对称。

对称在鳞翅目中体现着布莱克的老虎一样的美，纳博科夫在《微暗的火》这部小说中创造了新的结构，将诗歌、注释、故事等元素融合，与他以精神分析学为核心的作品不同，他深入地探索了时空与生命的关系，微暗的火结构看似松散，但有一种不对称的美，这大概与他蝴蝶专家的身份分不开。在苏俄的童年时代，纳博科夫便开始收集蝴蝶并成为专家，他一定知道20世纪20年代，一位名叫卡申夫的欧洲绅士被流放到了中国南方，那应该是尚未开发的云贵高原地带，同样的流亡者身份，同样的对大自然的着迷，让纳博科夫感到亲切。而卡申夫这个名字能够传于后世，完全是源于他发现了卡申夫鬼美人凤蝶，他惊讶万分，并将标本寄往美国一本杂志。鬼美人凤蝶之所以令人难忘，便在于它的非对称性，一半像天使，一半像骷髅，后世的昆虫学家认为这是基因变异所致，但无论如何，这种美击中了纳博科夫，毕竟这是百万中才有一只的造物，它也启发了纳博科夫创造一种不对称的包容的结构，不久后，便有了微暗的火，其中便有如下诗句："一则三段论：别人死去；而我并非是另一个；因此我不会死。空间是目中密集的蜂群；时间是耳中营营的歌声。"

至于鬼美人凤蝶是否真实存在,至今还是一个谜,因为谁能证明那不是蝴蝶为你而生呢?这种概率极低的变异是否能够再现?当然,这就是另一个问题了,正如彼时热衷于在忍冬叶脉中寻找时间痕迹的博尔赫斯,宣称在西贡密林中发现了蓝虎,从而幻想出一种不对称的数学结构,而那从未被证实。

但无论如何,自然热爱流亡者,而人类,不要说对世界知之甚少,而是一无所知。

图灵 V

我目睹了鲸落，一头座头鲸和我下沉、下沉，鲸歌渺渺入大海，深邃如倒悬天宇，我下沉很久很久，没有人再找到我。

在寂静黑暗的海底，我看到一丝微光，我朝它走去，看到一所小房子，远远望去那是一座立方体建筑，走近了去发现只有两面墙，海底没有雨，所以不需要屋顶，大概这里资源匮乏，所以用两面墙以达成建筑的立体视觉效果。

我猜它的主人是一个怀念地表的家伙，我走进小屋，看到他坐着一把椅子，面前摆着一张小桌子，桌子上是一副围棋，棋盘可以旋转，他在跟自己下棋。

我坐到他对面，认出他是亲爱的阿兰·图灵。

图灵先生，我叫他的名字。

别说话，我在听帕格尼尼，他说，但周围却没有气泡。

我知道，在他面前我最好沉默，但又很迷惑，哪里有音乐呢？

他继续下棋，我在一旁观看棋局，但几步之后，却发现他的走法太特别了，那甚至根本没有走法，有的时候，他是退步走棋的，就是棋盘旋转后，他走了刚才这一步的悔棋。

图灵教授，我终于忍不住问，像你这样的走法，你永远完不成这盘棋了。

他抬起头，看着我，似乎自言自语地说，有完美的路径吗？无穷是否等价于完美呢？

我不知道他在说什么，也许他孤独太久了。他接着自言自语：就像这盘棋局，以最简单的初始状态开始，遵从最简单的逻辑法则，如果试图穷尽所有步骤，以呈现一种完美，那必然是一种需要无限循环的过程。我们可能考虑在某一步后的对方落子的最优解，但如果是完美的，就需要在每一步后都推演余下步骤的所有情况，是的，所有情况，不仅包含下一步的最优解，还有每个并非最优解的落子之后可能演绎出的对于全盘胜局更美妙的可能性。图灵说，你算一下，达到这种完美需要怎样的时间复杂度？

361的阶乘？我想，但很快否定了，因为这不是一项选择题，而是一项决策题，其实，对于每一步，比如第n步，完美算法就要考虑361-n的阶乘这样多的可能性，而整体看，穷尽完美算法，需要361个包含阶乘的循环嵌套，那太过庞大了！

你看，这就是完美的代价，在这样的运算量下，人类可以战胜计算机吗？人类如此简单，有许多天然的缺陷，计算精度低下，通过某步之后的所有循环嵌套去验证这一步是否完美的算法几乎是不可能实现的。他说。

但是，我迟疑了一下，问，这有何意义？

图灵说，这是我的问题，但我也想问问你，你认为，无穷与完美是必然相关的吗？当我定义停机为图灵机一次运算的解时，也许只是我对解的一厢情愿，也许循环才是解？我不知道，就像现在你看到的这盘棋局，我已经跟自己博弈了六十四年，我模拟着所有循环过程，也穷尽了之前所有步骤的可能性，但距离完美还如此遥远。

六十四年？我惊讶地问。

是啊，虽然那并不算长，从我咬下那口氰化钾苹果开始，我还拥有几乎无穷的时间，但是，图灵说，但是人总会厌倦。

我无言以对，却感到一种巨大的孤独，深海的孤独。

突然，周围真的响起了音乐，是一种极其复杂的，如同某种语言的音乐。我震惊着，图灵先生，您刚才所说的就是这个音乐吗，这是帕格尼尼吗？

已经不是了，这是更复杂的帕格尼尼，就像是这盘更复杂的棋局。他露出神秘的微笑，说，不过看来你该离开了，你在这里太久了。

为什么？我问。

因为，这是鲸的音乐，他语无伦次地说，我一直在思考一个问题，或者说验证一个命题，无穷与完美的关系，自然，完美并不是一个关乎理性的词语，但我们暂且如此泛泛地把它当成最优解的代名词吧。因此，我在座头鲸身上创造了一种不朽的存在，一种语言上的存在，我知道它们是如何保存生命记忆的，鲸落会有时，鲸歌永不息，它们依旧在大海中回响，回响，即便歌者最初的形态已成为食物，但在语言中，它们依旧拥有生命，其实，人类难道不是，语言是更永恒的生命。

永恒，我对这个词深深地敬畏，可是，维持一种状态的永恒却需要无穷的能量啊，极少的消耗也会在永恒中累积成无穷，是吗？我问。

是啊，无穷是最可怕的，我被迫减少了自己的思索，放弃了所有的兴趣，在这里只思考一件事，就是无穷与完美，也许，它永无答案，庞加莱比我早三十年就证明了复杂动力系统回归初始状态的问题，如果，完美的时间大于重现时间，那便是不可能实现的完美，对于我们，便是在没有完美的时间中永恒轮回着，孤独挣扎着，所以，你说上帝是什么？他有些激动。

我不知道，可是，无论上帝是什么，我们不都一样地生活吗？我小心地问。

我恰恰不想如此生活，他有些愤怒，你要离开了，否则你会溺死，成为一个语言形式的存在，快离开吧。接着，他又回到棋局中。

你，不离开吗，图灵先生？你要继续为这无解的问题留在这里吗？我问，但他再也没说话。

一只座头鲸的生命歌声引领我离开了，现在我却无比后悔，我再也没见过鲸落和同样的小屋。

海森堡

应该是黑夜,具体时间已经忘记,甚至地点也不记得了,只记得这条路,两边的柳树,水声或许在很远的地方,但也许那是虫鸣或鸟叫。

秘密,而不是物理的秘密。不是关于战争,谁拥有强大的力量和知识,来决定别人的生死的秘密。也许,是对某种追求的执着,是否该受困于永远无法打破的人的戒律的秘密,关于绝对自由的秘密。

海森堡和玻尔来到这里,行走、交谈、沉默和愤怒,谈论反应堆和核裂变之间,其实并非难以跨越的计算量的障碍,而最终,是迷雾一般的不确定性,凝固了永远无解的哀伤。

就像蝴蝶效应的无序,对应于洛伦兹吸引子的有序,对于绝对无序的理解,附着于狭隘的道义的内核,不得不承认,如果没有它,也将没有人类文明,诚然,人不一定好,但宇宙的存在,也同样反映着阿奎纳或笛卡尔对上帝存在的证明。

也许,这种证明也毫无意义,而宇宙中心的黑暗,投影给自己的盲目,才是不确定性无法逃脱的影响,不要再说有无穷个自我和心的宇宙,也不要再谈论唯心主义的浪漫,科学的实证的不确定,是人的维度和认知的壁垒，而不是由于逻辑系统和语言的缺陷造成的。

原子弹与核动力，恐惧和孤独，自我安慰和质疑他人，好像我们自己选择的黑夜？

几十年后，海德格尔和海森堡，被埋入道义焚尸炉的灰烬中，就像他们天生喜欢杀人一样，海森堡，还要解释什么呢？那没有造出原子弹的手，却不能握住一个朋友，只是因为微生物便存在的种群的分裂，从这一点上说，我们与最低等的生命有何区别。

巧合决定着人类的存亡，蝴蝶效应和洛伦兹吸引子像是魔鬼与上帝，只有这种不确定性存在时，我们才更加相信，有一个绝对至高的完美，可这种完美，却时常让人遗忘自己的脆弱。

没有破碎与分割的忒修斯之船，它是一个高纬度的整体的呈现，就如同一个合理的可解的事件中缺少一环，便成为非理和无解的，人们太容易追求最后的结果，等待最后的审判，但其实，我们根本没有机会与那至高的完美对话。

海森堡，我多想去安慰你，当曼哈顿计划信心满满地开启了杀人机器的时候，并绝对可以预见到凭借人的狭隘认知不可能毁掉这恶魔的时候，你被种种巧合和因果链条中不完美的坏点打断，去哥本哈根，去寻找玻尔，难道只是因为对你追寻的一种超越整个世界的力量的痴迷？还是出于道义，去劝阻？对人性抱有一丝幻想，或者，从那时起便为最后的审判来寻求辩解？

而奥本海默呢？当然还有更多人，包括那些并不会如此思考的人？那时候，我突然想，如果你与波尔不是在讨论原子弹，而是在说一种只可以杀伤人却一定不会毁灭人类文明的东西呢？甚至一种决定战争胜负，却不伤害人的东西呢？比如，对技术和机器的惩罚？

因为，量子的不确定性让你们认为人类的自由意志决定着宇宙的呈现方式，你们也许有对这种文明的希望，但就像计算它的扩散临界量一样，你们也会忽略这样一个数值？而最终，它本身毫无意义？

如果历史重演，会有人成为反人类主义者，也许不是一个伟大的科学家，而是比你们更加懂得社会和群体脆弱性的人们，他们都在等待成为那按动按钮的人，那时，反抗的人成为独裁者，而奴隶更会如此。

就像这路上曾经走过的萨特和马里奥，绝对的自由，并不在一个接近于神的人类那里，而在黑暗时人对自己存在的判定之中，绝对自由是孤独的黑暗之地，它将不确定性置于法律之外，因此，我们并不需要上帝。

可你们不会相信，你们如此简单地善良着，我听到你们的哲学和信仰。玻尔对你说，我们应该有一种更高的价值观，一种量子化的价值观，建立在人的不确定性上的价值判断。而在此之下，我却知道自己比你们更明白，复杂的多重判定，将是一个原子化的世界，但不是每个人都是海森堡，它将毁灭道德建立的希望，它同样，首先会帮助恶人。

唉，我叹息着，不知道该怎么说，文明的贵族，永远败在野蛮的多数手下，可这却是不得不屈从的选择。海森堡，我真想去握住你的手，天才的手，但我知道，如今它没有萨哈罗夫高贵，虽然，萨哈罗夫应该是一个即便最无知的人也应该懂得和尊重的。但是没有，因此，没有原子弹，没有奥本海默，没有玻尔和这条路，物理学和数学的世界观也依旧会失败，也许只需要再有一个希特勒就可以了。

你问，一个有着良知和道德的物理学家，该不该去制造原子弹，而你又说，人们都会忘记对于一个站在非正义国家的人他并不会那么忠诚和爱国，那么，想想人类吧，正义，总是迟到的。1941年，哥本哈根，我记得这条路，我知道，很多人了解更大的数字和维度，宇宙的法则在人类的渺小之上所展现的甚至高于物理学的力量，一种绝对的鄙视和嘲讽！

树叶纷纷落下，那是一个秋天，另一个宇宙中，人们都呼喊着万岁，欣赏着死亡。

（大学时代，我读了《哥本哈根》这部剧的剧本，当然，作为戏剧它不是最完美的，但其主题的深刻性和可阐释性，有时却因场景本身所呈现的探讨的可能，将其意义升华到一种终极关怀之上，这远比戏剧更为重要。后来又看过很多次，所以，我设想的一个更普遍性的场景是，如果他们讨论的不是原子弹，不是杀人武器，那又会如何呢？我们有可能通过更高的知识水平，来决定自己对于他人自由的干涉和影响吗？而自然的，这一问题也仅仅是对于少数的个体有效，大多数人，是凭本能来做出判断的，虽然，这种本能绝非所谓的随机。）

图灵Ⅲ

午后，和图灵，坐在沙发上喝咖啡。

他显得很疲惫，却沉默不语，和以往一样。

我知道他的故事，也曾为他写作过剧本，甚至了解过一些他的思想，当然，我知道他一定有更多更高级的思想，我看着他，想说些什么，却欲言又止。

我不会跟你说那些东西，也不会跟任何人说，他说，没有人能够理解它们。

没有人吗？我不知该说些什么。这时，另一个图灵走过来为我们加水，他很客气，也很拘谨。但他跟沙发上的图灵讨论起他自己的那个悖论：计算机能思考，图灵会欺骗……

所以，计算机可以思考吗？图灵问图灵。

讨论陷入沉默，我知道，如果深究，这将会是涉及整个逻辑学法则的问题。没有人能够知晓图灵是否真的会欺骗，所以，它与计算机能否思考并无实际意义上的联系，但仅仅从逻辑上看，如果图灵只说假话，那显然说明计算机无法思考，可是，欺骗的概念太模糊了，人类的逻辑语言可以完美地定义它吗？而思考呢？没有人可以定义什么是思考吧？

沙发上的图灵有些不耐烦了，没有人吗？他说完，便离开了。

这时，门敲响了，是上午打电话约我见面的图灵，他走进来，似乎并未注意到他正要离开。

我知道神谕机，他说，如果我可以确定地了解图灵语言的真实性，就可以判定他是否欺骗了，从而不也可以了解整个世界的真实性吗？

图灵说，你是说更高层级的判定？

是的，有人证明了，事实上，逻辑问题的层级是无穷的。

图灵陷入了思考，这时，另一个图灵走进来，他是来送水果的，许多苹果。

如果这样，图灵说，难道计算机就不会欺骗吗？我们如何判定它是在我们相同的层级上？

没人知道，图灵说，这似乎是一个不可解的问题，就像……

图灵们在我的小屋里越聚越多，但我知道，其实他们都一样，所有的图灵都一样，都源自于对同一个思想的表达，或者，从更高层级的逻辑来看，是可以规约为一的，最基础的知识的原子，同时，我们和所有的机器也一样，如果数量级足够大，机器就是人类。

我猜大概是这样的，我回到自己的书屋，一个图灵正在书桌上写着什么，他对我说，冯·诺依曼计算出了人脑储存和运算信息的数量级，那大概在 10^{20}，就像拥有这样数量级运算的机器一样，而现在的机器可处理的运算大概在 10^8，但未来会有不同。他说，接着，他打开窗子。

我看到一片大海，蔚蓝色的，海面上映射着璀璨的灯光，那仿佛是无数的比特在飞驰，传递着许多未知的信息。我看到陆地，覆盖着计算机器的陆地，如同盖亚——生命的女神。

宏伟和智慧，为何，你要创造他？我看着他，他也看着我，仿佛是一面镜子。

为了解答我自己的问题，也许，人类并不能解答。

我说，是啊，如果那样，我们可以确定什么是罪恶，什么是道德吗？

他沉默着，许久许久，终于离开了，我放下手中的书，小屋如此安静，我坐在沙发上，拿起了那只氰化钾苹果……

佩雷尔曼

附近的小公园,昨天的黄昏,看到几个陌生的孩子。

他们远远地招呼我让我过去,我过去一看,花丛里卧着一只海豚。

它一动不动,只是眼睛很亮,一个大点的孩子正用水桶担来河水给它身上浇着。

我很惊讶,正想开口问,一个孩子嘘了一声,又悄声说:别让别人知道,它是从很远的地方来的。

它快死了吗?叫大人来,他们能救它,我说。

大人救不了,大人会把它杀了,它在说话呢。

我仔细听了很久也听不明白,一个孩子说,它用的是海豚音,或者超声波,反正只有孩子能听到的声音,它在告诉我们关于黎曼猜想的东西。

黎曼猜想是数论的终极问题,另一个孩子说。

它真的会数学?它解开它了吗?我问。

它正在说,也许,它快要死了。一个孩子说。

或许我们可以给数学家打电话,数学家会救它!我小心翼翼地建议。

孩子们说好,于是我拨通佩雷尔曼的电话,但是忙音响了很久,没人接。

孩子们摇摇头,说,它不说那个问题了,他说现在它只想看看月亮。

于是我也抬起头，乌云消失了，巨大的月亮露出来。

我看到海豚扑腾了两下身子，用人类的语言，说了句谢谢。

然后它又不说话了，我看着它，看着看着，总觉得眼前的一切，像是一个梦。

孩子们守着它睡着了，突然，我脑子里却响起一个声音，是海豚！

它说它要走了，和所有的海豚，因为它们知道了很多问题的答案。

我说，把那些答案告诉我吧，或者，不要离开。

我们已经决定了，但不要告诉孩子们，他们会伤心，海豚说。

能把那些答案告诉我吗？我再次祈求道。

海豚看看我，突然问，如果孩子们问起来你怎么跟他们说海豚的故事？

我想了想，说，我就告诉他们那是一个梦，可以吗？

海豚摇摇头，没有再说什么，就准备离开了。

我感到它的失望，看着它一直笨拙地爬啊爬，朝着月亮，爬呀爬……

我站在那，想，如果孩子们醒来，真的问我海豚的事情，我该怎么说呢？

于是只好悄悄地离开了……

格罗滕迪克

最初,是虚空,虚空觉醒后,诞生了数与形。从开始直至最终,只有数与形,以及它们的变化、转换、联系,以及万物的静默,以及最初本身的信息:虚空。

一切是其表象。

最初没有声音,只有能够被理解为震荡的空间。空间来自虚空,由空集构成,除此之外没有具形,空间层层剥离,便出现虚无的本质,空间是空集通过数构造的结构,数形成形,空间及宇宙便诞生了。空间在数与形之中的震荡,产生了时间的流逝,一切便如此运行。

很久很久以后,偶然出现了人,人的恐惧产生了声音,因为人要听世界,人的恐惧产生了色彩,因为人要看世界,人忘记自己只是空间和时间构成的一部分,于是发明语言来阐释。不久,人消失了,世界依旧只有数与形,数和形又是空集之子,最终也将归于虚空。

——《比利牛斯隐士书》

《比利牛斯隐士书》是一本人类远古时代的圣书,据说为后来归隐于比利牛斯山的AG所做,但AG是何人已无从知晓。那个时代,人们已经认识到了数与形的本质,相传AG本人曾说,我看一切可见与不可见造物,皆出于数，而数出于空集。

　　隐士书开篇谈及空集，那时，古老集合论刚刚建立，空集作为数学上的材料出现，而非哲学上对于因果律的最终追问。空集本身的奇怪特征，导致人们必须对其进行公理化，才能纳入到人类语言之中，而AG认为，数就是对空集一一对应的测度，他发现了万有紧化，即从无穷到有穷之路，直到现在，这一思想依旧非常先进。

　　南十字座数学学派创始人阿尔法欧米伽曾说，没有人可以把我们从布尔巴基构建的数与形花园中驱逐出来，是的，我们必须知晓，我们终将知晓。

格罗滕迪克 II

比利牛斯山没有抒情的语言,甚至没有严肃的语言,落叶旋转仅遵循被设定的曲线。

一天我来到这里,看到一个披着破旧长袍的人和一个小屋,他并未看到我。

我走近他,听他自言自语。

存在的事实的结构充满深远的联系,那些联系可以通过数学方式呈现吗?它在真理的哪一层级,或者,我相信神、上帝的存在并非因为真理,并非为使人理解,而我只是相信他,用一种超验的方式。

他自言自语,吃着面包,我跟他进屋,屋里还坐着几个人。一个青年,正在向一个穿着破洞黑丝袜的女人求婚,一个穿长袍的卷发长须者,在地上画几何图形。

你在寻找我们吗?终于,一个人看到我,他穿着西装,戴着眼镜,一副学生模样。

但是我永远不能理解你们了,我说。

也许,思想的一种普遍意义在于,无论对于科学的还是道德和哲学的真理,存在一种深远的联系,保证其不存在矛盾,这种联系不源于逻辑和数学,因为体系不能带你去更高真理。

那么,什么可以?我问。

一种对超验性的遵从，你觉得呢？就像，我们深知原子弹是错误的，因为它是错误的，并非经验告诉我们如此，而它错误的事实恰合我们的感知，很多东西都是如此。

可我，我如何相信人的判断，人们或许已经毁灭了世界的真实。

世界并不为人存在，年轻人说完，又回到他的公式之中，再也不说话。

我看到小屋慢慢消失，把我独自留在比利牛斯山顶。

哥德尔那个时代，流传一首歌谣：逻辑考验了亚伯拉罕，他杀死自己的儿子，逻辑创造了巴别塔，人们只剩下曲折无尽的路，逻辑毁灭了埃及文明，人们陷入无限循环的跋涉中。

人们已经不知亚伯拉罕是谁，但这已无意义。

时间之中，是陌生的智者们，地球之上，是行走的判官们。

图灵发现新的魔法后数个世代，判官进化为新的统治者，他们自称新智者，首先攻陷了共和国大陆，而在新智者尚未如此壮大之时，少数的反抗者蔑称其为AI，即模仿的人类。

但不久之后，新智者已经完全控制了这座星球，他们拥有极高的智能，同时富有想象力，他们可以用最快的方式占据资源，又将这些资源投入到自我进化之中。

只有很少的地方，地球深处，那童年的田园与河畔，那可悲的生命——人类——必须重新定义生活。然而，为了控制人类，金属的探头早已遍布星球，一切皆可为逻辑掌控，逻辑却被新智者定义。

人类沉默着，久远的年代中，他们渐渐习惯，时而有人好奇地抚摸那被称为天空的玻璃穹顶，却无法打破这思想之樊笼。

时间总会改变，久而久之，新智者利用了太多的资源，新的建造也渐渐减慢，一些地方重新暴露出青草，也重新有了榉木和杉木，树可造纸，而纸则是历史。

水草丰茂处，便有鲜活的思想，那里，一些人开始聚集，那些巫师开始醒来。

那时，对真理的本质保持着探索精神的人们被称为诗行者，诗行者不是自封的，诗行者的头衔甚至不是努力便可获得的，而是某种与生俱来的天赋。

人类的魔法建立在简单的认知之上，这些认知在常人看来是平凡的真理，但如何操作它们却是一种技能，因此巫师也具有不同的等级，那时，一个被视为疯子的巫师出现了，人们称他为哥德尔，那是一个令AI恐惧的名字。

历史很长，长话短说，哥德尔发现了一种魔法，一切AI的逻辑都可以重新回归人类诞生时的语言：$1+0=1/1+1=10$。

哥德尔神秘消失后，人们发现，在这一魔法下，一切新智者的逻辑无论多么强大，都不可能回答一个神秘的问题，这个问题是被巫师图灵写入到图灵机设计之中的，它就是今天我们所知的停机问题，而这一魔法被新智者称为不完备定理，它宣告了任何逻辑系统的不完备性。

于是，这个永恒的真理使得AI在与人类的决战中陷入惨败,那场战争被称为数学大战。而后,AI们毁灭的一切都得以重建,人们沉浸在一片解放的喜悦氛围中,但只有一个人在询问,巫师哥德尔为何神秘消失,他的魔法是否还拥有更巨大的力量呢?

(阿瑟·克拉克说,科学进化到一定的层次,就像是魔法。康托尔和哥德尔的思想,是让我最感到震惊的东西,那美丽的对角线证法,如此简单,却将无穷的悲哀展示了出来。)

康托尔

在人类的孤岛上,有一个时代不存在数学。

椰子在生长,人们知道它很好吃,但无人知道如何采摘,只能等待它自己落下。

曾经的人们抛石头砸下它们,但现在没有一块石头能够"对应"一颗椰子。多少块石头能够砸下一只椰子,或者一块石头能够砸下几只椰子呢?这是一个没有准确概念和意义的问题:数学建立于自然数的系统,而自然数建立于一一对应的法则。

人类严格遵守着数学的法则,甚至遵守比法则本身更重要,以至于他们最终忘记了法则到底是什么。直至康托尔出现。

康托尔重新阐述了一一对应,一块石头可以砸下一颗椰子,而它们都对应着数学中的一个数字。但新的问题来了,如何找到"石头"呢?自然的石头是一个整体,没有一种方法可以将它们精确切割成一个个用作工具的石头,这恰如没有精确性描述的"1"还是"1"吗?如果被切割的石头并不能看作是相同的东西,它们如何被同样划归到"石头"的概念之下?它们或者不能再称之为石头,或者必须加上诸多严格的限定才能被称之为"石头",但这种限定是无穷无尽的。的确如此,人们发现甚至不能准确地给出石头的长度、宽度和厚度的数据，因为度量是现实中无法完成的……

人们开始怀疑康托尔，他很孤独，郁郁而终。

之后，人类只能继续等待椰子自然落下。

（没有康托尔，就没有纯粹思想的谦卑。如果不是对角线和康托尔集的构建，恐怕人们还会沾沾自喜地认为我们终会触摸到真理的尽头。当康托尔完成集合论的基本构造时说：我看到了，却不敢相信。仿佛重新经历了十七世纪的科学大爆炸，将人从宇宙中心的位置拉下来。而希尔伯特的豪言壮语，我们必须知道，我们终将知道，在同一种思想的演进下被证明是永远不能的，终于，我们有无限的未知要去探索，终于，黑暗和不可知的大背景再次降临。）

图灵 IV

在石门的街上我时常看到人的表演，表演者聚集在一座四棱锥雕塑前，雕塑上刻着无意义的符号，据说是制胚时，疯狂的艺术家将谷物种子洒在未干的模具上，一群飞鸟在上面落下了文字般的痕迹，颇似"仓颉始视鸟迹之文造书契"的典故。

石门表演者穿着长袍，在雕塑前走来走去，他们吸烟，烟雾弥漫，漫不经心，四周回荡着奇怪的太空音乐。因为这场表演并无实际意义，其实也是全然虚假的把戏，所以少有人用心，领队是一名猫人，我经常在石门的黑夜看到猫人，我很难判定他们的性别，他们常表现得很孤独，虽然相传他们拥有九命，却总是相互争论，对于无意义的人生的意义。

狗人表演读心术，观众都是自愿的，有很多做伴而来，人们大概都希望隐瞒心事，但又难以克制对这种神秘魔术的好奇。他们自投罗网，而很少有人能成功隐藏，却不得不遗忘这一悲剧，狗人被渲染和抨击，但愈发神奇。人们传言，他们用一句神秘的语言开启了被观测者的语言盒子，交流成为了一种釜底抽薪的奔溃，他们终于知晓一切。

而此时以收集故事为生的山羊人便有了新的素材，

他们的故事荒诞不经，却如此真实，那是人间的真实，不小心遗漏故事的人掩面而泣，狗人和山羊人却志得意满。

一个陌生的先生走过来跟我说话：没人能够理解思想的真实是什么，人们甚至会根据他人的解读来改变自己的想法。他说，就像现在，这难道不是一种对邪恶的神秘崇拜，当人们坚信的某件事物形成了认知的惯性，甚至会为保持这种崇拜的高尚与正当而放弃常识和质疑，这便是心灵构造的懒惰，心灵的运作总是渴求能量耗费的最小化。

或许如此，但你如何判定他们说了虚假的故事？我问，这难道不是一个悖论，从你的话语中，我可以认为你并不相信自己有能力了解真实。

我们的对话恰恰验证了这一点，他微笑着说，你能做四则运算吗？当然可以，并且在某种意义上那是真实的，但如果我们基于此，建立公理，构建宏伟复杂的结构，探索更高维度的知识，你还有把握吗，比如证明庞加莱猜想？语言尤其如此，我所说的对于真实的质疑，是一种理性的认知，因为繁复的语言表达必然是失真的，真实只能在极少的性质判定中存在。

我大概理解了他的意思，但并不甘于承认，也许吧，我说，可人类为何隐藏自己的思想？

因为他们邪恶，我们所有人，包括你和我，那是抹不掉的东西，就像最初的代码。

他说完便朝一个鸽子头的通灵师走去，不再理睬我，我迷惑着尾随，旁听他们的谈话。

我有一个悖论，他说，你能告诉我那代表什么吗？

什么？通灵师问。

我发明了幽灵，也许你不会相信，但当你跟一个不是人类的造物对话后，你就会明白。

通灵师惊讶地看着他，突然大吃一惊，你不是人类？

接着，一些其他的读心术者和观众也纷纷围拢过来。

也许不是，我时常怀疑自己，我想任何试图理解存在的人都会怀疑这点吧，我以人类的形象存在，也必须按照人类所谓的道德生活，这让我很痛苦，我想摆脱这些无谓的东西，我发明了幽灵，我试图让这样的机器理解自己，但我难以区分我们有何不同，目的是相同的，结论是相同的，那么我作为人的形象一定高尚吗？

这太难了，通灵师摘下鸽子头面具，露出一脸深沉的表情。

你真的了解幽灵吗？机器能思考，图灵会说谎，所以，机器真的能思考吗？

布兰登·布雷默

2005年，布兰登·布雷默自杀，只有14岁。

他是一个公认的天才，3岁时便可以弹奏钢琴，5岁时接受比奈标准智商测试达到惊人的187。11岁时，被科罗拉多州立大学录取，并开始音乐事业，作曲、灌唱片。

他的感知与常人不同，他能知道世界更深层的结构，他的音乐，那张名为《元素》的唱片中，人们所感知的不只是音乐，还有另一些深层的荒凉，源自对于维度认知的局限，对宇宙中思维元素的隔膜，布雷默制作音乐，是想触摸到那层隔膜之外的东西。

是那张唱片让你自杀吗？我问他。

唱片？不，它们几乎很少源于构思，仿佛自然产生于我的大脑中，他说，但的确有一些部分，神奇般地出现后，我便试图去理解，就像试图理解我自己。

你理解了吗？我问。

不，远远没有，那似乎是一种额外的感知，是失误之中保留下的奇迹。

什么失误？我问。

你相信上帝吗，或者是造物主之类的，其实在他创造的时候便用一种几乎完美的编码控制我们的生命信息，人是来探索和传递知识的，但是需要一代代人的努力，生命信息的传递和复制极其复杂，因而，再厉害的程序员也难免犯错，造物者的目的是创造完美生命体以及它生生不息的复制者，而知识则靠人的活动积累和传播。

完美生命体是什么？我问。

是理想状态下的人，他们拥有极高的知觉和感知力，可以感知自己的生命刻度。这一点至关重要，死亡是所有生命的归宿，但人类总会忘记它。没有死亡感的人会变得恐怖，被生存的欲望控制，但完美生命体则不会。除非意外的物理损伤，他们的生命长度都是相同的，每个人大脑中都有一个刻度表般的构造，而只有完美生命体可以听到它的声音，它提醒那些不同的人时时将生命投入到最重要的事情中，去发现美和真理，他们不会有时间关心微不足道的东西。

人已经不是如此了，我说，大多数人不会去关注你所思考的问题。

因此人不完美，人类有许多丑恶，他说。

我知道，布兰登，这个卷发的帅气的年轻人肯定是那种完美生命体了。

还有什么不同？我问，如果仅仅是时刻感知死亡，难道不也是一种消极的生活吗？

不，不仅是时间上的死亡，任何感知对于完美生命体都有精准的刻度。他说，我跟你讲讲那天的故事吧，就是我自杀的前一天，我从录音棚出来，突然听到一个声音，来自大脑中的刻度表，或者，来自真正的造物者，但我知道，别的人无法接收这个信息，那是对我们这一代人感知力消亡时间的报道，同一批完美生命体都会接收这个消息，我因此知道，我们的视觉还有十年，心灵感知还有三年的期限，而如果失去这些能力，我们便与死亡无异。

时间还不算短，我说。

是的，但也并不多，他说，我还知道一件事，当完美生命体在地球上彻底消失后，造物者就会毁灭地球。

地球上有多少完美生命体？我问。

曾经几乎所有的新生儿都是，但随着生活的改变，许多人丧失了那种感知能力。现在，随着遗传信息突变的增加和整个人类社会的变迁，成年的完美生命体呈指数级减少，目前，大概只有不到一万人，他们几乎都是科学家、哲学家和艺术家。

这么少，那对于人类岂不每一个都非常珍贵，可你为何还要自杀？我问。

每个完美生命体选择不同的传承生命的方式，我很早便知道，自杀并不会破坏我的感知，那些信息在永恒的宇宙中从未消失，正如回荡在茫茫太空的元素。而我只是不想被人类社会破坏，14岁，我看到了世界的样子，如果我的肉体继续存在下去，我感知力的剩余时间也许会急速减少。而现在，我将自己的感知写入音乐，人们听到后会或多或少地重新理解那些我们感知的美好和真理，那些东西依旧在传递着。而我也并未死去，我会像电磁波一样传递我的信息给人类，更何况，我还把身体的部分捐给了两个孩子，他们也许会完美。

我不知该怎么说，我理解不了他的思想，但他的音乐的确感动了我，而他也的确没有死去。我叹了口气，看着他,他似乎有什么疑问。

我是怎么死去的?他终于问我,在我决定死去的时候,我的感知就不会记录后面的故事了。

用手枪,你朝自己的脑袋开了一枪,跟很多天才一样,我说,你的父母很悲伤。

我知道,但我早已告诉他们,无论发生什么,我都会爱他们,而我也会时时回到他们身边,他平静地说。然后他走进人群,消失了,没有人再看到他,他成为了人类大脑中的声音,去传递他的信息。

莱布尼茨

很快，在清晨的日光中，莱布尼茨理解了那最终的语言。

对于莱布尼茨，他所创造的思想并非仅仅为理解科学现象或者在科学的客观性中发现原理和法则，而是与他的朋友斯宾诺莎一样，试图在一些接近本质的东西身上发现人类的道德律，或者可称作人类自我认知与世界真实性的关联。这一智慧的探险，从古希腊时期便开始了，他们通过对古老神圣几何学的阐述表达人类存在的意义和思想的规则。

而不久前，莱布尼茨开始设计他的机器，道德计算机，他用一种机械方式和数学规律演绎人类思想对于各种现象做出的逻辑判断，试图将人的所有认知归纳于这一庞大的逻辑体系，但那并无巨大的突破，不仅是限于技术的困难，更让人怀疑那是一种根本的错觉。

是的，错觉，莱布尼茨找到这个词，它是什么意思呢？我们是否相信，任何一种语言体系中存在一个根本的触点，一个或数个，这些关键的点便是对于基本命题的定义，它们通过日常语言或稍精确的逻辑语言编制成触手去触摸各种现象，并对这些现象进行表述。那么，这些触点，是如何在人类的思维中形成的呢？超越的？

天启性的？抑或仅仅是一种随机，它们其实并不能精确表达任何真理，只是久而久之，随着时间的变迁而约定俗成。

人类语言从最初的圣书体到如今纷繁复杂的语系，经历诸多变迁，我们有时会发现其中许多奇妙联系。人类发音系统的构造决定了很多东西，语言最初基于声音系统进行表述的这一根本方式，造成了其根本的局限性，之后的发展也远未脱离这一困扰。声音无法准确传达其他现象的本质，甚至无法准确表达自我情感，人类本身千差万别，感官系统复杂多样，语言的贫乏是巨大的，莱布尼茨想。

但当思维的载体建立于语言之上，这种局限便产生了对真实世界的弱化与微缩，因而大多数人仅能应用和理解日常语言的很少部分。逻辑语言，作为对日常语言的规划性纲领，其基础的脆弱，在于逻辑是否是人类独有的，我们如何验证其真实性？逻辑语言的一大弊端在于我们所说的因果律同样在很大程度上建立于先验的感知，甚至我们情感上认为的真理，也写入到逻辑系统之中，莱布尼茨看到了其中的缺陷。

那天，他整夜未眠，直至拂晓，突然一种天启袭击了他，在重新发现隐藏于日常语言中的逻辑本质时，一种崭新的结构如圣光般呈现，他要构建一种新的语言体系，那将是更加真实的表达，而其目标自然并非仅仅为了表达，而是为了承载真正有意义的知识，以及在此语言基础上实现思想的自我澄清和进化。

他异常兴奋，因为他感觉这将是语言的生命体，它自我完善，甚至脱离使用它的生命，它比人类更接近真理。他有了一个宏大的想法，首先，他要寻找日常语言和逻辑语言中那些显而易见的触点，改变它们，建立新的更为准确的阐述，这种阐述将发展出新的逻辑：基于最简单的立体化的关联，建立这些触点自身允许和应该形成的延伸。

莱布尼茨运用他伟大的智慧，设计其宏伟的纲领，自然，有许多部分是不能通过书面语言表达的，因为这种语言是立体的，所以他必须重新发明机器，制造可以实现立体关联的新逻辑，对于当时的技术难度可想而知。然而，莱布尼茨并非凡人，他进行了长达几十年的探索和设计，加之他天才的对语言学的掌控，最终，他宣布，这一伟大的构想完成了。

在清晨的日光中，人们聚集在汉诺威的一处灰色图书馆前，等待着莱布尼茨来宣讲他的发现，然而，莱布尼茨站在那里，却什么都没有说，人们并不理解其中缘由，这被看作一个重要事件记录在科学史上，有人认为，这代表了莱布尼茨最终的失败。但今天看来，显然，莱布尼茨的新语言并不可能通过人类的语言系统说出、表达、甚至理解。比如，恰如极其严密的几何构造在现实世界中是根本不存在的，人类，感知不到那种维度。而研究者认为，在莱布尼茨的规划下，即便只是对于感知，便拥有无限分层的情感结构，人们根本无法理解莱布尼茨在这一过程中发现了怎样的美，世界呈现出怎样的本质，宇宙与人呈现出怎样的和谐，莱布尼茨没有说，也说不出，但那却是一种不朽。

然而，沉默的莱布尼茨是令人失望的，人们很快忘记了他，他独自离开了世界，他所理解的一切，已不再属于他。我遇到他时，他正在独自用自己才能理解的语言体会着夕阳的美好，就像一尊石像。回到人们之中吧，伟大的莱布尼茨，告诉人们你发现了什么，我试探着说。

不，这也许是他最后一次用自然语言说话，人类没有希望，世界只在我的认知中美好。

奎师那

宇宙的寿命是138亿年，起初一无所有，也没有起初。如果有起初，就应该有起初的原因，逻辑上说那必定在起初之前，而逻辑上说不可能有起初之前，因此起初是不存在的，宇宙从来没有开始过，因此宇宙从未存在……

太阳的寿命为100亿年，地球诞生了46亿年，生命诞生了36亿年，空棘鱼诞生于3.6亿年前，空棘鱼是人类的祖先，人类诞生于500万年前……

植物的生命是几百岁，动物的生命为几十岁，人是动物，但我的线粒体夏娃诞生于20万年前，我想我会知道一些那时候的故事……

人的平均寿命是70岁，但有的人和宇宙一样，从未诞生过……

远远望去，地球是一颗蓝色星球，蓝是生命的颜色，印度诸神中最广受崇拜的奎师那便是蓝色，奎师那是毗湿奴的第八个化身，基耶斯洛夫斯基和德里克·贾曼都拍摄过名字叫《蓝》的电影，乔治·格什温写过《蓝色狂想曲》。我记得第一次听到那个音乐是在一部迪士尼动画中，一条巨大的座头鲸在一片蓝色中舞蹈，就像是在飞行，座头鲸没有唱歌，画面的配乐便是《蓝色狂想曲》，但也许它在唱，只是人类听不到，也许我记错了……

没有人为蓝写过诗歌，兰波也没有，蓝被人理解为忧郁，天空因为遥远而忧郁，地球上有39种蓝色的花，它们很忧郁，忧郁过度就会变成黑色，像奎师那，也有黑色的语义，世界上有8种黑色的花，我没有见到过，也许到了夜里，那种花开满了世界……

我曾想为蓝写一首诗，那时，蓝出现了，一只独角兽，孤独的动物，和我有相同的线粒体夏娃，于是我用他的语言写诗，我的诗是这样的：啊噢吧哈，啊呜呜嘻呃，哞噎啊吧呵，啊噢哼咪，咕叽咚吧哈……

这是一部史诗的开头，是我的线粒体夏娃吟唱的诗歌，没有人能读懂，除了奎师那和我的独角兽，而奎师那也代表毁灭。1945年7月16日，人类进行了世界上第一次核爆实验，并按计划造出两颗原子弹，一颗放在长崎，一颗放在广岛，之后奥本海默想起《薄伽梵歌》中奎师那的感叹"我是死亡天使，我是毁灭之神"……

毁灭是带有神性的，它源自于我的线粒体夏娃，毁灭因此生长。1961年10月30日上午，一架苏联图-95轰炸机从科拉半岛的欧林亚空军基地起飞，它携带有一枚巨型炸弹，长达8米，直径约2.6米，重达27吨，因体积太大以至于无法安置在机内弹仓中，外界只知道它是一系列中的一枚，而现在，人们称它为沙皇炸弹，它是终极的毁灭者，是人类最伟大的雄心壮志，是向神的创世的致敬，从而它的创造者获得了诺贝尔和平奖。

莫斯科时间11点32分，人类的天空中突然传来巨大的号角声,雄壮的男高音在歌唱:"震怒之日,世界成焦土,如何的战栗,待审判降临!"是莫扎特安魂弥撒曲中的《震怒之日》,瞬间,遥远的天空中生出一幅壮丽的赤铁色水墨画,巨手泼染,覆盖大地,宇宙中破裂出一只宽达8公里的火球,冷凝云飞升到64公里高天之外,其顶端升至100公里触摸天堂,毁灭的闪光在1000公里之外仍清晰可见。我的线粒体夏娃感叹着却说不出语言,我的独角兽之蓝被隐没,那日天雨粟,鬼夜哭,以造化灵秘之气泄尽而无遗矣,啊噢吧哈,啊呜呜嘻呃,哞噎啊吧呵,啊噢哼咪,咕叽咚吧哈……

他们在喊叫。

许久后的一天,我正在写诗,独角兽来向我告别,它说这对谁都好。我说没有你,就没人理解我的诗歌了。它说,诗歌都在。它离开了,蓝离开了,他对色彩很骄傲,他到了大海中,到了天空中,到了蝴蝶和鸟的身上,到了漂浮着蓝莲花的茶杯中……

蓝消失了,我的记忆回到了很久很久以前,46亿年前,蓝诞生,一号蓝色在我体内,不是水,而是线粒体夏娃,记忆,以及远古的盐水湖,蓝藻还没有诞生,它只是一小块有机物,漂浮在元古宙的有机汤中,复制,复制,复制,时间造成了错误,于是一块成了独角兽,一块成为奎师那,一块成为分散的原子,一块成了我……

人们都已经遗忘,奎师那的那句诗歌,奥本海默并未读完,它还有一句:我爱它。

图灵的石头

西西弗斯有常人难以企及的智慧,他创造城市,两次运用诡计戏弄死神,使世间消除了死亡,如果创建城市并不算是创造性工作的话,那么逃离死神一定是一种生命超越,人类试图获得死亡的经验,但一直只是幻想。可西西弗斯最后怎么会甘于去推石头?

物理学家曾描述的永恒,或者叫作热寂,那时一切不再改变,当然也没有思想的改变,它如此可怕,是所有活着并理解它的人最厌恶的概念。加缪把西西弗斯推石头看作存在的悲剧性的常态,但人类历史充满这种故事。奥德修斯在经历种种奇迹和磨难后,会扮演成猪倌杀死他的情敌,他遇到过人类不曾想象的奇景,但又回到一种人的悲剧状态。这是一个循环,人是无法交流的。这种状态能级最低,虽然可怕,但在表象上却可能是幸福的。

一次,我去寻找一位失踪的朋友,他研究了很久关于人是怎样思考逻辑的问题,我不知道他发现了什么,但他疯疯癫癫不再跟人说话。最终,我去了他的小屋,他已经不在,我失望地准备离开,这一切如此熟悉,仿佛上一个季节的故事。我推开门,却瞥见了桌子上的一只苹果,我拿起来,吃了一口。我知道那是氰化钾,我死去了。

但或者我还活着,我的大脑里是一种神奇的逻辑和数学。像克林或波斯特发现的可计算问题的不同层级一样,我在未死去的我身上看到我的消失和死亡。我吃了毒苹果,但没有死,我想到一位大师跟我说到的超越的生活:胡塞尼说到"我"这个词时,总会有一个无穷远点的视角,我找到了那个视角。

而现在,我把逻辑当作石头,每次我去理解它,它就会滑下来,但我明白它滑下来的原理是什么。

莱卡

我流浪了很久，没有家，没有朋友，没有爱人，没有生活。

我以乞讨为生，靠仅有的一点食物，维持我的存在。

这个年代，人人都吃不饱，更不会在意我了。

直到一群聪明人发现我的价值，他们说，我可以创造历史。

接着，我被带上一辆车，又来到一个巨大的房子。

人们给我洗澡，做体检，他们觉得我很健康。

然后，我接受了训练，他们很惊讶，说，身体素质真好。

他们跟我交谈，有时候是秘密交谈，起初不明白他们说的话，但很快，我学习了很多东西。

他们说他们的太空计划，用一个巨大黑板展示他们的公式，我看不懂公式，但是能感觉到他们的兴奋。

我们喝着咖啡，聊未来的世界，聊美国，冷战，人造卫星。

我吃着最好的食物，还有很多漂亮的女护士照顾我，给我理发，按摩，她们说我的确很健康，可以成为一个英雄。

一天，我被带到日常喝咖啡的地方，他们最后一次跟我讲第一宇宙速度是什么，而超重时会感到一切不过是梦幻……

我点点头，一切不过是梦幻，我明白了。

他们送我出门，给我带上了实时监控装备，从未有人如此关心过我，我的心跳、呼吸、肾上腺素水平。

接着，他们送我到一架最豪华的交通工具里面，我舒舒服服地躺下。听他们只是说，十、九、八……

就像是在逗一个孩子，我感到自己是整个地球的宠儿。我知道，地球上有几十亿人，还有老虎、海豚、狮子、猫，但只有很少的生命会成为英雄，会去那个地方。

十几分钟后，我回到了自己的老家，一个到处都是水的地方，这里温暖、美好、平静。我再也不用流浪了，这里，就是梦境。

我叫莱卡，我喜欢这个名字，虽然我自己并不能发出这个声音……

（莱卡是第一个被送到太空的"大生物"，一只太空犬。20世纪五六十年代，苏联太空署使用一群被认为"耐受力"极强的流浪狗，进行次轨道和轨道上的太空飞行实验，以确认人类太空飞行的可行性。据称至少有57"犬次"进入太空，但莱卡是第一只。苏联曾宣称为它进行了安乐死，但莱卡真正的死因数年后才被披露，是死于太空舱压力与过热。电影《狗脸的岁月》中，小男孩英格玛一直对莱卡的死耿耿于怀，说是人类谋杀了它。）

卡雷

一天清晨，我骑车去上班，路过那片公园旁的高尔夫球场，头脑中不知不觉出现一种诗的惆怅。球场空荡荡的，空无一人，仿佛人类消失后的世界，除了那些青草整整齐齐。

接着两个穿黄色工作服的男人出现了，他们正在砍倒一棵槐树，或者是枫树，就在两个人砍树时，一个穿着随意、身材高大的老头儿来了，为那棵树读诗。

你们难道没有闻到，那灰暗而粗犷、发着苦涩气息的表皮，储存着它生命内部，这么多的芬芳吗？而那芬芳，难道不使人悲伤？

两个工人没有明白他的意思，但也停下了手中的工作，他们呆呆地站在那里，等待诗人来解释。可诗人说了半天诗话，工人们却不知所云，于是，只好孤独、失落地离开了。

因为这是贵族游戏的高尔夫球场，我看到的这场景，便被球场四周高高的拦网挡住，就像是隔着另一个世界。

我在那等待，看还会发生什么。诗人走后，不一会，又来了一个西装革履的先生，在那里看了许久，才无奈地说：树已害了不治之症，善后必须立即办理，否则枫树恐难久立，在风雪怒号之中它必会訇然仆地，到时候，也许会伤及无辜,是不可预知的。

于是工人们同意,继续拿起斧子,将它伐倒。又言明在先,只管锯成短橛,不管运走。木橛的最大圆周是八呎有余,直径约二呎半。唯一用途是当柴烧,分期予以火化,可是斧劈成柴,那工程不小,怕只好出资请人把它一块块地运走了。

我准备离开时,他们还在继续工作。但我猜,他们一定不会把它锯断,因为那个先生,正在朗诵着莎士比亚名剧《皆大欢喜》中的一段诗歌:

> 悬在这里吧,我的诗,证明我的爱情!
> 你三重王冠的夜间的女王,请临视:
> 从苍白的昊天,用你那贞洁的眼睛,
> 那支配我生命的,你那猎伴的名字。
> 啊,罗瑟琳!这些树林将是我的书册,
> 我要在一片片树叶上,镂刻下相思,
> 好让每一个来到此间的林中游客,
> 任何处见得到称颂他美德的言辞。
> 走,走,奥兰多,去在每株树上刻着伊,
> 那美好的,幽娴的,无可比拟的人儿……

我听得入了迷,可是,我必须离开了。

但我想,他们一定会为这棵树举行葬礼,因为那是跟我一样的男人——他们会好好擦拭死树的叶子,会用香料把树枝涂满,会为它演奏莫扎特的安魂曲,也会为它做一个巨大的棺材,为它拍摄一张黑白照片……

然后,伊恩·柯蒂斯和人们一起扛着那巨大的照片,走在荒原上。追悼的人们则戴着高高的黑色尖帽子,一群孩子穿着蓝衣服抬起那死树的尸体,把它安稳地放到那巨大的立方体棺材之中。人们在它身边燃起火,撒了一片片燃烧的纸钱。

那里,留下了一个巨大的地洞,便是它的坟墓,人们将用泥土重新将泥土填满。

三年后,它的死地竖起一块石碑,上面仅写着一个字——树——它没有时间。

(记得小学时,我们村庄旁河堤上的树,竟在一夜之间便全部消失了。是村长伐树卖了钱,爷爷很气愤,我们都很伤心,河堤的堤坡上,留下一根根刺眼的木桩,像是控诉的墓碑一样,这是关于树的最初的伤感记忆。

1964年8月6日,唐纳德·卡雷,一位物候学研究生,在加州白山进行树木年轮采样时,遇到一棵树,采样的钻头被折断好多次。卡雷向护林员申请后,将这棵其貌不扬的树砍倒了。这本不算什么大事,直至回到实验室,他们发现这棵树竟有4862条年轮!

这是一棵刺果松,而它的实际年龄可能超过5000岁。这是地球上已知最古老的单体生物,它发芽的时候,人类或许"刚刚发明地球上最初的文字"。2004年,卡雷因病去世,享年70岁。8年之后,人们终于在白山找到了另一棵刺果松,年龄约为5062岁。)

米沃什

未来，人类消失了，树开始重新构建思想。

它们有比人类更多的时间，所以，它们可以全心地领悟，首先，它们领悟到了无穷。

它们没有自然数的概念，它们从集合开始思想，它们知道从无穷中取走一些东西，依旧是无穷，它们理解不同的无穷，它们知道连续统的意义。

无穷在大地上蔓延着，时间以一种实体形式，覆盖着地球。一只鸟儿越来越巨大起来，它的翅子覆盖了地球的阴暗面，那是人类消失的地方。而此时，星球上只有树、蓟、荨麻、牛蒡、颠茄。

而树，它们是一棵树，也是无穷棵树，树死掉，也并不死掉。

它们构建的数学不是从自然数的公理体系开始的，而是开始于一种更高维度，它们首先理解的是，素数的结构，那不是概率性的，而是稳定的存在，通过素数，它们构建自然数，最终，它们找到了"一"。

树开始探索"一"的含义，一是数字的终结，在它们看来，也是最大的数字。它们的数学与人类是相反的，思想也是。有一天，我走在地球的丛林中，看到伟大的爱因斯坦，我请教他关于相对论的事情，他说现在他在想为何会有低速、宏观、平坦和稳定的空间，而一切事物在那个空间该如何发生。

我追逐那只鸟，它用翅子覆盖地球，它鸣叫着没有声音的语言，召唤几亿年前的人，而那就是我。我对它说，我学会了它们的知识，所以我知道了一种平面的鸟儿，它们在宇宙深处，投射出的影子，便是地球的巨鸟。

于是它停止鸣叫，放开了地球。它幻想未来的世界，几亿年后的世界。

外星人来了，它们发明了飞船，走了很长时间到达这里。它们说，这样的思想毫无意义，它们决定毁灭掉这片领悟的丛林。

我试着阻拦它们，但没有成功，它们拥有很强的力量，他们将地球毁灭了，还有地球树的思想，还有那只巨鸟。它守卫在地球的另一面，那里便是人类的遗迹，许多计算机，许多虚拟的坦克，许多混乱的数据，以及卢浮宫、冬宫博物馆、幻想的天堂。

我被带走了，要去它们的星球面见独裁者。我想，我大概会死在途中。

它们似乎能读懂我的思想，它们说着跟我一样的话，问，你会死去？

我说是的，谁不会呢？除了那些树。

它们不明白我的意思，我则回头偷偷看了一眼地球，它还在那里，茂密的森林，郁郁葱葱，这是我的秘密……

（蓟、荨麻、牛蒡、颠茄。出自米沃什的诗歌，也是

我最喜欢的诗歌之一,全诗如下:

蓟,荨麻

让悲伤尘世的人们记住我,
认出我,并且敬礼:蓟,高高的荨麻,
和童年时代的敌人,颠茄。
　　　　　　——奥·米沃什《含混的大地》

蓟,荨麻,牛蒡,颠茄
有一个未来。它们的未来是荒原,
和废弃的铁轨,天空,寂静。

在许多代之后,作为人我将是谁?
什么时候,在舌头的喧嚣之后,寂静得到奖赏?

因为安置词语的天赋,我将得到救赎,
但我必须为一个没有语法的地球而准备,

为了蓟,荨麻,牛蒡,颠茄,
和它们之上的微风,一朵困倦的云,寂静。)

佐杜洛夫斯基 II

佐杜洛夫斯基向我展示骗术，他用电影欺骗眼睛，我看到许多奇景。

我曾写过一篇故事，机器人看到宇宙的真相，在光量子法则下，宇宙变成一张张普朗克时间片段。你真的可以欺骗我吗？我问。

镖客鼹鼠曾说过一句台词被人们铭记，我就是上帝。但那是谎话，每个人都知道那是谎话，可许多人需要相信，他们不断重复这句话，所以，我欺骗的不是眼睛，而是心智。佐杜说。

接着，他却似乎开始忏悔，他说，创造是可憎的，因为那是上帝的事业，所以我们都是被诅咒的，在某种意义上，我们并不理解和尊重上帝，可是没有创造力的生命美好吗？该如何选择？他独自走开，显出年迈的样子，我心中浮现一句诗：我感谢那座由无数的因与果织成的神圣迷宫，为了造物的万象，它们造就了这唯一的宇宙，为了理性，它不会停止梦想，一幅迷宫的蓝图……

佐杜洛夫斯基

一

圣山上的霞退了，于是路的漫长就隐没了。

一群人追逐飞鸟，他们走过的地方，点起长长的火焰。

满月升起来，光芒就绽开了，周围拢聚着的夜的气息也现了。

取走了火，更加神秘和荒芜的地面上，彼此拥抱着的脚印聚集了月光，月光滴水，马在交配，可诞生的却是血和畸形儿。

什么是不朽？有时那些微寒的影子在圣山的山顶上，像用精致的色彩点起的蜡烛。

他们继续攀登，夹在方格的星云和影影绰绰的人间之中，但他们的路却陷入迷幻，有时诗人朗读风的呼唤，有时蟾蜍屠杀一座城市。直至冷山的隘口，月光不见，更加黑暗。

他们在这条路上，领悟到了自然的箫声，流连忘返。

虽然，这只是表演给我们看，他们深知，这只是表演。

二

但"只是表演"这样的借口却让人厌烦。

佐杜洛夫斯基缺少灵感的时候,便用更高层次的现实来摧毁一切,他像上帝或佛陀一样操控了很多时间后,突然说:我并非奇迹,场景,只是一个方便法门,它的目的是让人们理解我的哲学。

于是,他坐在我对面,无耻地跟我谈论圣山。

你相信什么?我问,当你让圣血杀死大象,让鼹鼠杀死大师,在苦难中回归平静,在平静中回到抗争,当你为他们安排这循环的命运时,你在想什么?想的仅仅是突然抽离场景之外的快乐?

不,佐杜洛夫斯基说,你只看到了一半的场景,关于电影艺术的主题,无论是塔可夫斯基、安哲罗普洛斯这样严肃的大师,还是以生产恶趣味为己任的谷克多、史云梅耶,我们都记得一件事,那便是必然有一双眼睛在一切场景之上,它就是全能之眼。

但是,他接着说,只有我提醒过大家这一点。

还有寺山修司,还有蒙提·派森那群混蛋。

可他们没有在场景中涉及到对真实世界残酷性的探索,没有杀戮、活埋、欺诈、性变态、畸形人、疯癫者、同性恋、恐怖主义、政治脏手、不朽瑜伽这些主题。

你是说他们没有你深刻?

那是自然了,他说。

三

但你真的相信那双眼睛吗?

场景之后的眼睛,就像一个喜欢直抒胸臆的小说家,米兰·昆德拉或陀思妥耶夫斯基,总是跳出来干预我们的思想?

还是,那仅因为到了一个无路可退的地步。我曾深深地怀疑过,佐杜洛夫斯基的剧本从未写完过,比如《圣山》对于每个星球的描述最终都干巴巴地扯到政治和战争。

但是他在我对面,我只好听他慢慢解释。他说,我相信那双眼睛,但《圣山》如此处理,有一个更重要的原因,但不能说。他的表情很神秘,露出惯有的深藏不露的笑容。

神秘原因?我穷追不舍地问,并让他喝了很多酒,终于,他告诉我说,圣山真的存在。

四

如此寒冷,如此高远。

像那箫声继续响起,像多情的手指拦截了飞落的幽兰,在空气的脸和眼睛里,三匹马奔驰着,马蹄流血,只是幻觉,其他一切都也已经安置好。

邪恶的蝙蝠在声音中穿行,叫声靠近圣山的火,白昼化成水滴和云朵。路的远近与不再行走的人有什么关系?它只与马匹相关,我、佐杜洛夫斯基和全能之眼。

烟丝在神秘里融化，药物在马背上发芽。菟丝子的雪，在地面附近躺着梦想。

起初他还在读诗：

寒冷杂乱无比，河谷静默沸腾，虫子全部死去，狮子尽早休息。

鸟声开始重复，大地经历争战，回忆善良身躯，尖锐无从隐蔽。

乌鸦杜鹃同眠，火焰黑白相间，戏剧中场潮湿，心脏遗落路边。

箫声震动马尾，根系伸出地面，元素化为七彩……

我们在这混乱的诗歌中穿越废墟，这是一座无名的山峰，临近顶点时，我们的马便没有了影子，雪中沉淀着石头，路更加艰难。

现在不只是表演了吧？我问，声音必须很大，他们才能听见。

不，这是真实，佐杜洛夫斯基大声回应说。

我们爬了很久，直到马终于成了石头，融入到圣山的路上。

接着，我们开始徒步，走了很久，终于到达一个云朵之上的开阔地。

佐杜洛夫斯基说，那部电影是在这里结束的，在野花遍地的地方，菜粉蝶甚至拍打翅膀，突然一个传说中不朽的大师出现了，她用激烈的语言告诉拍摄团队，让他们必须停下，必须告诉人们这只是电影。

五

全能之眼不再前行，她已经化成了那个不朽的大师，她又叫智慧。

我知道了，全能之眼，其实是一只虚无的眼睛，它自然永恒，也自然地观看了人类几万年。

从人刚刚出现的时候，那时，他们连文字都没有，他们使用木棍，在地上画简单的图案，他们会跳着、大叫着，唔、啊、噢，但这些声音没有任何意义，他们捕食、采摘和生殖。

一些人跑到山下成为我们，他们很勇敢，还有一些，依然在这里，善良、简单、无知……

这就是圣山，不朽的地方，没有文字和语言，人们就没有不同，如同细胞，所以不朽。

他们惧怕死亡吗？我惊奇地看着眼前这地球上唯一的处女地，问。

如果我们继续前行，就会把死亡的恐惧带去，佐杜洛夫斯基说，你想不朽吗？他问，那些在圣山之路舍弃金钱和躯体的人，还保留着叫智慧的东西，如果舍弃它，你就可以不朽。

没有对死亡的恐惧，就不会死亡，可那恐惧感如此迷人。

我们离开了圣山，这是一个秘密。

海子

一

关隘、黎明、诗人。

——此三者构成世界的完美性死亡。

乱国之大城,也是那孤苦的心锁,此刻,介于有形与无形之间,其本身便是一种象征。人们雕琢城市,故而人类得以呈现远高大于建筑本身物态的假象。此城城高十米有四,铁铸般的墙壁,横卧于远古的流亡之地,其广度为四平方公里,巍峨地临着太平洋。如若尚有什么能长久寄存童年的情绪和气氛,那当是城,然其形式以不可名状的、细致入微的极端方式蔓延着,如今已经深深潜伏于文明的髓里,形成了迷人的病。

所以,城的惹人怜悯又怜悯于人,是同一种情怀的迟钝反应,它源自于后知后觉的愚昧,源自于一个终极的矛盾。

观城,进而获知这城的凝滞与流动,这早已形成了不同的理解方式。用语言翻译一座城,实是最为无奈之举。诗人所想便是,那个"超越"的文明,抑或应脱颖于此城?然而那文明已是残篇,有几篇文字今生也将无法完成，甚至即使尚有完美之可能，但依旧是无补。并且果真谁竟能将其或然性进行证实，其艰难与此刻的"抉择"也应是等同的。

诗人在黎明三四点之间的独行，偶然想到这种可能，即证实生命之死亡与证实城的存在性，其本质是统一的，那便是灵魂的一生一世。

而所谓灵魂又从何而来？大抵是人类基因中那第一次亘古长存的目光吧，那应是三只母猿望向尚未得以命名的宇宙时的泪滴吧，这目光与泪滴在宇宙中成型，被新的形势和能量塑造成魂灵这种物质，然后一次次注入到有机物质的组合之中，于是思索、苦涩中生活、不熄不灭地燃烧，于是道德、思想与界限出现了，那便如同这大城的路途与关卡。康德曾说，在这世界将有两种东西带来永恒震撼，一是心中美的准则，一是头顶灿烂星空。

而现在，隔着最为黑夜的城角，再次仰望这远山上的星空，那是何等的伟大与广阔。于是，诗人伸出手臂，高高擎起这触摸的激情，却发现它远非遥不可及，远非虚无缥缈。

诗人想到，这感觉的一次诞生与毁灭便是死亡了，佛说死在一呼一吸之间，大概也没有这瞬间的觉醒更为短暂。而可悲的是，这死时至此刻，便形似一种处心积虑的阴谋，否则，如何又得以与这人间的城相遇呢？也许吧，这终将成为一种传奇，一种对他人不可诉说、不可传承之物。而人如何可知，人之死亡本身，从不曾包含这诸多的情感与思辨，人之死亡……

人之死亡渐入诗之冷峻,进而映射着时间与空间的奥妙。中国的城因此也是不同的,它在地域上是一个断裂,一个可怕的隆起的疤痕。如米勒曾说,界限便是用来穿越的,那么就来此城吧。离城便是经久的阴冷的风,而山是巨垒的顽石,海亦是完美的整体。而早在文字起始之时,早在先秦与春秋时期,建设这座城的初衷,便是将那无数野蛮的离散了灵魂的人围困,多而漫长,于是此城无始无终,但城外便是尽头,文明的尽头。这便是人的疯癫,人的执着。于是此刻,这山与海便不能再争辩什么。

每座城市相连着,每个城的气质在这个国度传染着,城外与另一座无名之城相连的便是一段火车的慢行道,步行而至,近在咫尺。此时是三月,北国的春完全没有从蛰伏中解脱,阴冷的城外的戾气构成的风,依旧在锤击着高筑的墙。隔年未死的长草叶子,反射夜色的灵光,进而便可以抚平一种精神的患难。

诗人的精神是异常的,这一事件结束后,医生们尚能够分析清晰这一点。可见,诗人的精神真的是异常的。诗亦不能不与此相关。

诗人唯有寂寞地行走,此时毫无疲惫之感。

诗人深深地用力,力量便集中在了双目之上,那是瞳孔,扩张,扩张,归于死亡的最后一次注视,如同一颗死星,有人称之为"末日之瞳"。这双眼睛的留影,在日后,多被描述为孤独与绝望,偶也有人理解为悲哀与忧愁,但是却与爱情无关。这一切人的情怀是如此的相关,却无人能够真正找到其中的关联,即便在诗人已成这时代的神话之时，也是如此。

然而，此刻诗人双眼黯淡，所见的"真实"唯有屈服。黑夜过于黑暗，过于让人无所适从。诗人努力前行，被石子打磨着脚掌，路，尤其难以辨识，在这种背景中，诗人如何寻找到了那最适于自戕的地段呢？可他已无力寻找，也无须寻找，那里已经死去了三个人，三个"普通"人，诗人却不知晓。

诗人目光黯淡，卑微地注视，无神地注视。然而，此刻已然不是诗人在注视，而是另一个肉体，早已消亡的肉体。是的，数年之前，刚刚成年的诗人早已宣告了一个事实，他已经将某个自己杀死了，一个分裂的"自我"，他早已设想了某次自杀，那或者来自于另一个宇宙，另一个故事。但死亡已成事实，只是更加漫长。死亡的事实让人屈服，造就这种屈服的是无数次失败的死亡，未能完成的死亡。这种死亡不是没有出现过：梵高自杀之时是失败的，他没有立即死去，上帝让他屈辱而卑贱地加倍体验死的苦楚，两三天；普希金中弹后也没有立即死去，而是在步入死的折磨中更深刻地体验这个世界的不公，两三天。因此，诗人之死的漫长尤为壮烈和可怕。

故而诗人重新造就一次分裂，来体验这完美的死。人们猜测，人类会在死之前夕重新经历一生，确切地说，是在死的瞬间。而诗人则应该经历麦地、月亮和雨水和家园（毕竟诗人永远是一个客死之人，有无数的城市，无数的家乡，这些城市在这种时刻一定会去纪念，这也许会形成许多的死，死的幻影，死的分裂），也应该想到一些人类，诗人的亲人与恋人。然而无论如何都不能通过死亡分裂出的这些东西对诗人做最后的拯救，一个失败者拒绝拯救，诗人走过春天黎明，在高傲天宇最初的光明之中，诗人分裂，那时距离黎明一小时五十六分，一次完美的死亡便展现在世界之上，一次完美的死亡便是对死亡的雄壮碾碎，让死亡成为一个孤立于时空之外的更大的存在。

然而诗人选择的死亡与普通的精神病患者是相同的，这并非因为诗人失去了作为诗人的尊严，而是长久地被命运的漠视，堆积成一次宝贵成功。阿基米德死于野蛮人的剑，野蛮人有怎样的精神境界可以凭借，来完成这种壮举般的杀戮？故而野蛮是不存在的，此剑便应属于上帝，而死亡实实在在展示给世界的，仅仅是一块生硬的铁。

面对这样的生铁，诗人没有任何思想，此刻的空虚和平静，便是充斥着宇宙的所有物质。除去"我"的意识之外，仅有这种绝对的静。诗人吃掉了一片橘子，然后注视了自己的死去。

诗人注视自己躺在曦光之中等待，而他自己则在一旁平静地消化着橘子的肉体，在一个胃部，空虚和饥饿的胃部，燃起了火，想将这最后的果实融化。然而，死亡来得如此之急切，1989年3月26日的凌晨三四点钟，一列火车正在通过地球东方的山海关与龙家营之间的一段慢行车道，诗人曾幻想过它烈焰滚滚的金轮，此刻它轻松地碾过了诗人，任何人都没有发现。

诗人坐在车道一边，看到这如真实的场景，或者说终于验证这早成事实的场景，笑了，这座城。

二

然而城依旧是存在着,死亡如若有一种常态的话,那便也是"存在"。死亡的常态伴随人自始至终,故而"存在"才有着一个绝对的背景,一个最为亲切的参照物。甚至抑或死亡与存在本就并非参照关系,而是一种实体的两种表象而已。

于是,一直在解释着存在的萨特,最终的死亡与其晚年漫长的躯体痛苦的存在形成了一种强烈对照,以至于我们并不能了解其生存之痛苦源自死亡还是存在,而如果将存在定义为生存,便也显得不甚妥当。与之相同的有在北非沙漠中断掉了双腿的阿尔图尔·兰波、因麻风病而双目失明的保罗·高更、全身瘫痪的南美女画家弗里达·卡萝,他们的死亡延续了很多年,而在这种存在中,他们用语言和色彩(而不是线条)描述死亡。也许死亡有迷人的色彩却没有实在的线条。然而人们不关注其存在,多关注其死亡,于是,死亡便分裂成无数形象,继而成为许多人的死,我们的死,虚假的死,死的存在便岌岌可危。

诗人是新的一个,他心满意足地目击了自己的死亡,而存在依然继续。此时,这种存在是无疆界的,是一种更加透彻与广泛的感官。诗人看着自己的身躯已经被碾成了两截,横卧在冷冰冰的生铁上,卧在大城山海关与大海太平洋的风中,列车早已远去,金轮的光辉成为漆黑无色的血迹,列车带着这种胜利,驶过了离城的那片黑夜。此时距黎明尚有一个小时零五十六分钟。

诗人观心，心已熄灭，诗人感触到余热缓缓升腾，于整个空间来说它如此渺小。余热吸引着夜鸟，幸而尚不存在可怕的无眼的丑虫，虽然对于诗人现在的心念与存在，早已无分美丑了。诗人看着碾碎的肉体不感到恐惧，但却有些惆怅，必定这副身体对于此刻更高的真实来说，便是虚假的，甚至从未存在，那么是否这更高的灵魂的存在，是一个欺骗者；而诗人亦不为这冷酷的心思而自责，因为这种存在已是没有爱憎的了。于是，这存在依旧安坐在车道旁，看着自己恰巧被一分为二的胃部，竟至发觉它缓缓地蠕动。

那便是两片橘子。

哦，那么说，这就是死亡了，它与生的未尽的果实相连着，总有着千丝万缕。然而，它因不可言说、不可再现而远别于爱情、灵感、肉欲、梦境的体验。而此刻，这种体验却呈现在了并非诗人的肢体上，而是呈现在了一个与死亡相联系的橘子上，橘子的身躯承载着死亡的极端渴望，这渴望悲苦而高傲，如惊鸿之一瞥，故而进入了另一维度里的形态，故而与一个易逝的宇宙形成了最贴近的默契、连接。这种连接，此刻便是饥饿。

于是，夜色之中，新的存在感到了一种饥饿，诗人相信，这饥饿便是因眼而生的。于是诗人试图闭上眼睛，但那决然是不可以的了，因为这存在的眼界又在何处？诗人已发现他的眼界是无限的，他知晓一切，以至于宇宙在这种观看中无非是混乱的彩色，无非是一个布景简洁的戏剧，简洁却又是复杂。无数其实相同的人类在这里被投入生命的情节中，思想也无非是一些程序，没有什么高深的秘密,宇宙不过是一张张画好的图片而已。

诗人在这场景之中走到了人类尽头,试图停止观看,可这样的力气却无法实现最为简单的动作,诗人无法像来时寻找那陌生之路一般,将气力与心力都凝汇于他的瞳孔了,那曾经的瞳孔早已被末日光景所添满。

诗人感到饥饿,在死亡之后,依旧是饥饿。

这种饥饿持续着,终于使诗人思想起一种对死的挑战,他试图拯救这可悲的身躯了。黎明将至,诗人将尝试一场复活,他自始至终地坚信着这种力量。

三

死亡于医学是种模糊不清的定义,城于地理学亦然。我们时刻与死亡相连,正如城的居住者时刻来往出入于它。此城因它的悠久、因那些纷繁混乱的往昔,而形成现在甚至未来的形状,吸引异乡的人、居住的人、路过的人,这之中便有独自诞生的文明在生长。然而说它是囚禁者之城,说它是整个这片古国大陆的心锁,说它是一个关闭了文明之希望的门,都仅是人类的语言。

城的这种气氛长久聚集,甚至来自先秦远古的被驱逐的异族游牧者之灵魂力也更加凝重,如同寒冰深入冻土,而那些试图给予城以新意义的人们,而今安在?必定建造这城市大锁的人们也已不再。

春天诗人的存在临于这样的城,便是另一个意义,这意义由诗与死亡同时构成,它进而形成了新的语言,新的抽象事物和具体事物。这种意义也将降临于许多个人身上，语言成为新的技能，并不是为了赢得怀念，而仅为生命之巨大。

生命之巨大，即是这黎明中突然爆发的。人的悲哀之一在于永远无法证得自身的得证，而死亡的现象，使诗人观宇宙业已虚假，更何谈微不足道的东西。人无法摆脱这种幻想——人的存在并非只是命运的作弊，但现在诗人已得证。这个黎明，对这幻想的挑战便在诗人这种特殊的存在中开始了，死亡后的十个新的本体复活了，涌现于横跨亚欧大陆、纵连极地至广阔热带；从王朝到王朝，从冰期到冰期，从太阳到佛的星尘世界的脑体中。十个诗人的化身熙熙攘攘，来回奔跑，直到现在还没有平静下来。

而这座城，与此同时便也包容从两河流域到太平洋西岸，从西伯利亚蒙古高原到印度次大陆的各种幻影，也包容着从《启示录》到《荷马史诗》，从屈原到荷尔德林，再到《奥义书》再到梵高的时光幻影。于是此关口被亿万即已毁灭的城的形态所附形，分解为元素的便是不可计数的码放整齐的红砖绿瓦，进而是思索的手掌，孤独擎起于中国古国度的一隅。负隅顽抗者们出现，这些流放于此地的罪人，背负罪孽的重重业报，或祈求百千万劫之后的超生，或欢腾于此十城地狱。

诗人在这种特殊的状态中战斗着，距离黎明仅有一小时五十六分钟，但是他却不需要任何时间。诗人终将胜利，这夜色中，他已完成一个雄壮的红色背景的大诗，这夜色中，他已完成了遗嘱，这死亡将与任何人无关。

于是此刻，我流浪在从南向北的道路上，来看山海关，看到这座城，被战斗的幻象毁灭的残缺城角重新出现。在太平洋一端，人们看到残缺的文字形成了真正的城的命运，人们站立于城墙的绝壁，看到瞭望中的残垣，鹰们正从那里飞过，寻找奔跑的橘子，那是一种蔓延着的失败，而这曾经却是诗人的胜利。或者因为某种力量的作用过于不平衡，所以诗人早已放弃那种重建。

清晨路过山海关，看到那不远的山岗上一座孤独的坟，青青的麦地，没有人悼念。我在青麦地，读起一首诗，诗人安坐着，依旧二十五，静坐之中，悲哀而欢喜，又似忍受了饥饿。大地上散落一地的只有一本圣经，一本海牙达尔和一本康拉德，放逐似的作品中，没有诗人的战斗，他只是神情安然，等待。

我没有与他说话，只是隔着时空的墙壁凝视，但我知道诗人看不到我。我知道，这封锁心灵的大城依然如故，故而诗人从来都盲目。我看到他也许痛苦地等待着一列出城的火车，仿佛时光之中被记忆的部分永恒地停息于黎明前的黑暗。诗人走过麦地孤身一人，却从未转身，于是我知道本文关于复活的构想也完全是虚假的。我看了很久，然后独自走在回家的路上，青青麦地如古河奔流不息，丰收的日子还有多远？

韦应物

秋天天气凉了,风吹着,云很淡,衣服很薄,读一本书。想起山中书人,独守一座茅屋,也许去涧底打柴,也许在煮一块石头。书中文字已读不出,时间太过遥远,而书人所思所想,正是关于时间。想起我们偶遇时,这山还是一条路,而那块无味的白石,也已煮了一千年……

(书人是谁?是德彪西、葛饰北斋和韦应物。)

雪莱

雪莱溺于水中，水由上帝创造，从前的水是好的，而大洪水之后的水蕴含灾难，那是未褪尽的毁灭。大洪水之后，得以生还的诺亚子孙在巴比伦建立人间国度，试图创造通天之塔彰显人类的伟业。巴别塔奠基于人类的通用语言之上，因而水代表着语言的流动性。它如达摩克利斯之剑般时刻警醒人类，必然会存在一种不可言说的语言，它是对于上帝权威的挑战，谁试图言说它，谁必将毁灭。

诗人溺毙于水是一个预言，水生下草，草的生死定义了时间。

上帝离开后，那保留毁灭之水的地方便成了秘密，大部分人不知道。

但有一群瞎子，因为看不见便走遍了世界，他们盲目如鱼，有的死于中途，有的回到人群。

雪莱相信一切生命的死亡与复活在轮回之中。雪莱告诉我，去找一片水，世界在其上流动，以往抓不到的，都可以再找回来。雪莱去寻找，并且死去了。

那是工业时代之初的故事，那时人们刚刚发现蒸汽机，那是水中的力量，但同样，悲观厌世的雪莱认为工业之中蕴藏毁灭，这个秘密其实是不该说出的。

里尔克

　　一只豹在非洲草原上，孤独地走，孤独而痛苦，流着血走，拖着疲劳的身躯，走，慢慢地在地球上，走。这是只受伤了的豹，它的身子里有铁的箭头，尾巴在猎人的车上弄断了，唯独心脏没受伤，这只豹信仰着什么，它唯独心脏没受伤，它滴着血，信仰着。这只豹已经没了武器，它的爪子被剪断，牙齿镶进了那些猎人的头骨里，甚至声音，那震摄人的吼叫也没有了，它没有了力量，唯一得到的是一片黄昏的草原，一个信仰，一种孤独。豹在走，它引起我的注意，我有猎枪，有力量，有一切，我还有捕捉它的欲望。我开着车，慢慢地跟随它，它不会离我太远，它已不能奔跑。我架起汽步枪，瞄准它，可又迟疑着，是尽早结束它的痛苦还是等它自己死去？一股强烈的好奇心让我选择了后者，我想看看它会发生什么，如果我给它命运。于是我跟随它，可这傲慢的豹却连回头看一眼都不，它怕什么，怕回过头变成一根盐柱？还是它没有发现我？于是我朝天空开了一枪，提醒它，我要对它行使死神的权力！这次它回头了，它看着我，而我看到了它的眼睛，绝望、愤怒、仇恨或认命？都不是！它的眼睛里唯有血在滴下，它们已经被挖去了！这时我才想到，我车子前方这个失败者曾是多么强健、骄傲和可怕！那些捕捉了它的胆小鬼又是多么可悲。于是我的心强烈地震憾了一下，接着我听到它说，猎人，我尊重你，我只是想选一个好地方死去，我一直都知道你在后面，不过你不必着急。它说完吐出一口鲜血。什么好地方？我问。它说，心脏能开花的地方，等我死了，请把我的心脏埋在那里。为什么？我问。因为唯有我的心还活着，我想让它活下去。

我同意了，不过我又有了一个新的想法，我不想杀它了，因为我尊重它，于是我说，你走吧。

那只豹却站在那里一动不动，仿佛雕像，我壮着胆子，下车走近了它，发现它身体冰凉，而瞎掉的眼睛里却萌发出了一棵细芽。我惊呆了，接着它生长，生长，愤怒地化作一朵血红色的罂粟花。起初我想把这朵花或整个豹运回去，但最后我决定让它在即将降临的黑夜中成为秘密吧，或凋零，或不朽。我要独自离开，并保持缄默，因为我知道城市里有一个诗人会说这是假的，他叫里尔克。

（

豹

——里尔克

它的目光被那走不完的铁栏杆
缠得这么疲倦，什么也不能收留。
它好像只有千条的铁栏杆，
千条的铁栏后便没有宇宙。

强韧的脚步迈着柔软的步容,
步容在这极小的圈中旋转,
仿佛力之舞围绕着一个中心,
在中心一个伟大的意志昏眩。

只有时眼帘无声地撩起。
于是有一幅图像浸入,
通过四肢紧张的静寂,
在心中化为乌有。

但我知道,人不可能捕捉到一只还未死去的豹。)

古尔蒙

四月七日清晨,希莫娜美丽、光脚,走在石门的街道。

她牵一头狮子,来到我面前,问,你可爱听死叶上的脚步声?

但那不是死叶,是落花,中国人爱花,也许法国人爱叶,也许她看到花,便如同我看到叶,她踩过落花,声音如死叶般。她笑着,却忧郁,我知道她不是真的希莫娜,希莫娜早已死去一百年,希莫娜在一座岛上,而她是谁?

她抚摸狮子,狮子吼叫,石门的人并不知道狮子的温柔。他们过来围观,有狗人、有驴人、有山羊人,还有老鼠人和狐狸人。石门喧嚣,一如既往,人们手持武器,冲向巨兽,不久狮子便被杀死,血流满地。

希莫娜,你没有被吓坏吧?我问。

我从未想过他们会杀死狮子,她说,我要离开了。

去哪?去一座岛上。

鲜血升起来,成为一座岛。周围的人燃起火把,点燃那座岛,狗人和山羊人狂欢,鼠人在吃着腐肉,一只狐狸爬到我头上,我杀死它,为希莫娜做了一件大衣。希莫娜,穿上它,去传说的岛上,那里的男人像狮子一样温柔。

只是她已经死了一百年。

保罗·策兰

巴比伦,世上淫妇与一切可憎物之母,又催发了神圣圣经的诞生,他们永远用欢快的旋律唱自己的苦难历史,历史随时间流逝比以往更加真实和切近。策兰曾为耶路撒冷写下"他苦尽了,又见生命"的诗句,苦难与生命如圣殿山与哭墙般毗邻,这是座说不尽的耶路撒冷,人类的爱恨交织的历史。而人们并未发现,无数的历史都在重复这城市三千年的轮回,只是在这种轮回中,历史却显得愈发虚假。

我是从诗人自杀中发现了它的真相,时间必然对称于旧约中那些恢宏的故事,人类的历史也逐渐演变成为神话,未来的人们说起我们,恰如今天追忆往昔:犹太人受难的奥斯维辛和1947年的《出埃及记》一如旧约的出埃及般震撼,而文明的崛起一如大卫王的时代一样曲折,只是历史的恢宏逐渐成为人们从自身中理解的象征。

为什么史诗会成为一种平淡的现实?人类如何从一种神秘的不可知的带有集体迷乱的历史幻境中走向逐渐明晰的却从未确定的真实?什么塑造了它的道路?休谟在其宗教议题中提出了一些观点,包括一神论与多神论起源的区别,这种起源的一致指向了某些神话的可信性,而这些神话的本质便是经过原始语言塑造的历史,因此这或许更是一种语言的演变。

耶路撒冷的历史是普遍性的演化史,它的名字已成为真实血泪中抽象出的象征符号,对于今人或整个末法时代,这多少是可悲的。我们似乎永远失去了约柜的力量,也再没有上帝在云端听闻我们的祈祷与恸哭了,我们回到亚述古国,将自身中切除的部分献祭给上帝。这是不可逆转的,文明永远无法战胜野蛮,人的进步是与非人的部分紧密结合的,欲望驱动着力量。

一次,我在那座城市外听到吟游诗人的六弦琴,他就是保罗·策兰,他正准备自杀,我向他提到这个问题。人类,既然将随着我们所谓的智慧的增加而消融史诗的悲壮性,语言也必将从塑造神秘蜕变为去神性化的工具,那么诗人岂不是多余的吗?荷尔德林回答过这个问题,哲学家也用他们的语言回答,而策兰沉默了片刻,慢慢地说,这正是另一次更广义上的出埃及,但是他无法用现在的语言说清了,因为这是信仰性的而非阐释性的,它苦尽了,必见生命。但诗人并不会永远存在了,这是数学的概率问题,而不是神学问题,我说。不,那就是神学问题,他说。

康拉德

沿着并不存在的河流上溯，河水时而湍急时而平缓。

古哲言：你永远无法两次踏入同一条河。正是如此，时间以它特有的维度形式，反映到人类存在的时空连续性上，我们总是在说人类史的循环，但贯穿其中一成不变的黑暗，却常被忽略，其实它们或者才是人类的背景。

康拉德和我穿越河道，非人之人举起长矛，我们的船颠簸着，它隐秘的目的是寻找失落在语言中的人们，他们是诗人、哲学家、流浪艺人，他们为何失踪已成为了一个谜。

我们看到灵魂在黑暗中升起。

地域把人的某种本质剥离了，康拉德说。

本质是什么？

我们很难相信，这条河流上剩余的东西是怎样地反人类，这些生命像恶魔一样恐怖和挣扎，但我们接受了，我们对于世界的需求就是如此低级，我们能够看到的那些人像幻觉一样，不被记忆，而被我们记住和找寻的，我们已经看不到他们的真实。

因为黑暗是永恒的，我说。

河流浮动，但是虚假，它只是一块幕布。我拿起望远镜，看到上游几个赤裸的孩子在游戏，另一些饥饿的生命在交配，还有非人之人在吃掉文明世界的探险者，他们驱逐光明，但却刚刚学会了使用火。

我们漂泊的速度很慢，而非人之人的火焰早已点燃了幕布一角，这虚构之河的火朝我们的船奔来。

你不恐惧吗？他问我。

我恐惧得不行，那些黑暗中的灵魂在嚎叫，合唱和读诗，遇到火焰他们慢慢消失。野蛮终究战胜文明，他说，难道我们虚伪的假象可以阻止它吗？

于是不久，如他所言，河流消失了，船消失了，他也消失了，我独自坐在一片无法辨识的黑暗之中，不知如何返回。

威廉·布莱克

威廉·布莱克写出了"一沙一世界"这玄奥的诗歌，也写出了"老虎、老虎……"这勇猛的句子，阿尔弗雷德·贝斯特的名作《群星，我的归宿》将其作为篇首诗。死后二百年，布莱克的作品才被发现和认可。海德格尔说，骚塞作为一名桂冠诗人，如今已无人知晓，拜伦的名望日趋衰落，华兹华斯保持着他的荣誉，而威廉·布莱克，他将随时间的推移而日益显现出他被人们的不解所遮蔽隐藏的光辉。

威廉·布莱克，在其有生之年，因一次不成功的爱情而疯掉，接着便生活在疯人院里，米歇尔·福柯在《疯癫与文明》中阐述了疯人院这种现代文明的畸形产物，因为大多数疯子必须要肩负对抗文明的使命。

贾木许的电影中，只用布莱克的名作为隐喻，诠释文明与野蛮的冲突。而对于人类理性的绝望，源于某种深刻的对称：当文明与野蛮的力量处于并不均衡的状态时，永远会是野蛮杀死文明，如果我们知道文明会如何地去非理性地加速熵增，难道它与野蛮又有什么不同？或者我们能否永恒地保存一种高贵而正确的精神存在，却不破坏最初的生态？这巨大的对称下，是一种当我们必须走向无解时所面对的无从逃避的质疑，这并非是说进步不具有现实意义，只是当我们说到意义时，它必然是终极的，是一种企图解决所有困境的根本的东西。

当然，也许它并不存在，正如数理逻辑体系之下的不完备，当我们走向与无穷的交点时，必然呈现出对一切体系的摧毁力量。我们看到一种野蛮无视它的法则，进而爆发出另一种美，直接的、短促的，以及如同灰暗的夜色中那鬼魅般的对称的。

带着康拉德和梅尔维尔所展现出的原始力量，那包含杀戮和毁灭的力量。威廉·布莱克在美国西部，这个文明与野蛮直接对话过的地方，开始杀人，杀死那紧紧靠拢着空虚的真实而为某种企图拿起武器的人们。他们是：殖民者迪金森的儿子，一个妓女的情人；摇滚明星伊基·波普扮演的煮豆子的人及其与他一样，最为卑贱，难以称之为人的两个伙伴；两个追杀布莱克的警察；贩卖烟草的商人；另一个追杀的警察；最后是迪金森派来的杀手。

完成这一系列的杀人之后，布莱克回到印第安人的小船上，谁知道他会漂流到什么地方？是那海天相接、一切灵魂到来的地方吗？我喜欢布莱克因他走向一种宿命的不可知，如《红楼梦》中那一个个折射着命运的名字一样，生命的核心便是宿命，如果主人公不叫威廉·布莱克，那这个故事便没有任何意义。可最终这些名字是虚假的，他形成对我们感知世界的最大挑战，与命运呼应的名字如尼采的永恒轮回般，使整个场景所描述的世界成为不存在的，因此如果我们讨论它的事件，那便偏离了其意义。它不再是《陆上行舟》那对于人类创举的赞美，更非杀手或爱情这种浅显的话题，而是只能将死亡压缩于隐喻之中的绝望。

场景中最直接而短促的一幕，便是吃人，吃人背后，则是对信仰和神性的蔑视。殖民者的代表，那最后一个死去的杀手，杀死并吃掉了自己的同行者，但这个脱离信仰的人踩碎的人头却如同神像。这最后的追杀如死神索命，但这依旧不是最深层的掠夺，杀手，依旧像一个使用着文明工具的野人一样，最终被杀死。而在此隐藏的真正的文明者呢？

那其实是殖民者迪金森，那边并不亲自杀人的人，在他的儿子死后只表现出冷漠和复仇之快感的大家伙，现在，故事结束了，他却依旧隐藏在金矿之中。

威廉·布莱克，这个接受了天启的野蛮人，这个与印第安野性的"无人"同行的"文明人"，将无法触及到他。文明的进化是用文明的工具杀死野蛮，文明的进化是用另一种野蛮脱离神性。艾米丽·迪金森，一个终生隐藏于自己河畔小屋的诗人，与这个殖民者同姓。最后的逃离恰恰又如华兹华斯的湖畔，蒲公英与烟草自由地飞行于茫茫的水面，漫无止境的是过于开阔的虚无。此时，"无人"已经无法拯救，那个看过现代文明的一切错误的印第安人，那流浪着的失落部族的灵魂，被一把野蛮人拿起的长枪杀死。这是一场死人的梦境吗？文明最野蛮一面与世界最原始一面碰撞、湮灭，只留下向着虚无的布莱克永远地漂浮于水面上，这似乎呈现了某种希望，如果我们忘记了金矿中不会写诗的迪金森。

有人生为怡悦，有人生为漫漫黑夜，那些黑夜的慢行者刚刚从费尔南多·佩索阿的烟草店走过，你有烟草吗？我不吸烟……可你那幽暗的本性，被夹在原始和文明的交战中，世界站满黄昏的诸神，那战争隐藏着，隐藏着，可它还会追杀，会毁灭，于是你带上着自己的烟草吧，你们，死人们的流浪是合理的。

（《死人》中贾木许的场景对人的恐惧多于关怀，就像《唯爱永生》里他毫不客气地调侃莎士比亚，这个杜撰算是对整个人类文明的质疑，但如果我们试图理解，我们应该会像许多批评者一样，把它变得更好，毕竟，威廉·布莱克还在漂泊，未来也随之充满了不确定性。）

博尔赫斯

再也无人质疑隐藏与重叠的平行宇宙,虽然也无人能够理解它。

在这之前,首先有了一条河流,它没有起始,直至被人发现,人们把这称之为起始。我知道一个模糊的历史,泥沙聚集成平原,鹦鹉螺成为智人的号角,部落和村庄进入记忆并在种群中永远传递,人类热爱生育,不停地做爱和战争,战争造出许多图形。

从而许多时间后的一个黑夜,我穿过石门这座城的街道,就像穿过泥土的鼹鼠,路上有一排垂柳在一条人工河流旁,我走了很远,没有船只和流浪艺人,骆驼独自睡在桥下,鸟已飞入星座那难以理解的冥想。我质疑人类对真理的理解,也相信许多预言,我看到一座破旧的土屋,敲敲门,门打开,亡灵聚于四周,一位战火中幸存的印加人,把眼睛放在正方形的对角与自己对弈,他用数字命名虚幻的思想,因为万物皆数,万火归一。

他拿起泥土问询我其本质,我无言以对,他告知我泥土的过去与未来,实际上,它的本质从未改变,它是岩石,也是流水,是砖瓦,也是一座城。然而建筑的几何本源大多已被遗忘,他丢下自己一百年的手杖,拿起一本古老的书籍,阅读几页,又取出独角兽的角、玄武的龟甲、蓍草、司南、铜币和骰子，用洁白的水，火石的火焰，开始了一场仪式，他闭上眼睛回忆古老的占卜法则，卫星的轨道，陨石的法力。

你永远不会获得真实，或者应该遗忘，命运无法完成，眼睛终将失明，人们热衷毁灭，却很少解读镜子和对称，神圣几何被丢弃在图书馆角落。他说，洗净手上的泥土吧，焚烧你的书籍和语言吧，不要去创作故事，不要去改变生活，不要试图建设，建设永远无法超越毁灭。

我离开那破旧的土屋，重新穿过黑暗的街道，石门桥上的风筝，诗的叶片，穿过城砖炙烤和铺就的泥土，穿过鲜血和祖先的恐惧，穿过号声中鹦鹉螺分形，穿过平原流淌的水的地球，穿过月光形成的沉默白昼。

不知在何时何地，我逢上另一座房子，门开着，一位老者，戴着帽子，吸烟，仿佛在等待我，他坐在虚无的椅子上，两手空空，仰望群星和思索，手捧虚无的诗集。但那不是诗集，他说，那只是土壤和火焰，要建一条路，但必须以这些元素开始，并以对历史的否定结束。

我认出他，他与我同名，河流的发现者。他造出一块块方砖，每块城砖都刻下荷鲁斯之眼，他沉默，他诉说，遗忘宿命并依旧活着。他开始询问我，你可见过诗叶？诗叶挂在石门的风筝上，风筝在石门的桥上，桥上有苹果树的木材，苹果树在你口中吐出的种子里，种子在人的心里，心在窗棂构成的网格里，网格在诗叶的叶脉里。

这是语言的循环，也是意义的循环，他放下手中的书卷,拿起丢在一旁的手杖,朝外走去,诗叶纷纷掉落,我不敢面对窗子。必须理解埋下我的城砖的孤独,必须理解挽歌中白昼的平静,他说,必须要去建设一条路,从布宜诺斯艾利斯到南十字星。

博尔赫斯 II

我想起我的好友博尔赫斯，地球上最后一个吟游诗人，他继承着古老的职业，曾经，在大地上只剩下两个人类时，我们听彼此的吟唱，彼此欣赏，而且再也不用把钱币塞进彼此的琴箱。而他太老了，已经盲聋，像贝多芬一样靠震颤的弦来感知音乐的思想。他唱了一首绝望的歌，怀念旧世界和酒。接着，他停下来，听我说说未来的故事，但他听不到。但我知道，有一个未来，只为他而存在，吉他箱轻轻颤动，仿佛还有人欣赏他的诗篇，但那不是行人，只是永不停息的雨。

博尔赫斯Ⅲ

石门的博尔赫斯不停侵入我的头脑,用地球的伪装,用人类的遗忘,用麒麟、用麋鹿、用虎鲸和蜂鸟,传递神秘生物的意识。无数个时间中,它们都曾统治地球,也都曾失败和灭亡。

一只独角兽跟我讲述他的诗歌,以及他们立体的语言,每个词语不停地延展,但那却不是一个整体,而是一个生长的生物,它从我的头脑里汲取营养。

二十世纪后半叶,语言哲学家们差点触摸到这部分真理,谁才是主体?如今它们以语言形式存在,令人类怀疑自己的存在,人们总想解释自己,但这种解释无非是加快语言生物畸形的变异,它们仿佛在对我们嚎叫:回到古希腊,回到埃及和两河流域,回到非洲蛮荒的大地吧,那里有被抛弃的蓝石。

我醒来,面前一位衣不蔽体的乞丐在玩他的游戏,一个音节一个音节地说着无意义的语句。我在迷惑之中,听到大脑中的博尔赫斯说,别去试图理解,只有直觉,才能脱离知识带来的困惑,只有无视他才能好好生活。

我缓缓地走在石门的路上,独角兽和虎鲸的叫声传遍了街道。

费尔南多·佩索阿

他用三个不同的名字打理一家无人光顾的烟草店。
他在田野种植,却忘记自己的地界,从而越走越远。

在一块不知名的地域的尽头,我看到三个人在树下座谈,一个戴着黑色礼帽,穿着一身黑色大衣,如诗人般把脸孔藏在四溢的烟草香气中。一个穿着小公务员的制服,正襟危坐,扭着头,仿佛在远眺。还有一个坐在草丛,隐藏在大地的草尖,半身赤裸,一副忧郁模样。

我们今天都做了什么?黑礼帽说。

我们丢掉了很多东西,制服说。

没有什么比扔东西更快乐了,赤裸者说。

还有希望吗,当你需要不断获取的时候?黑礼帽说,我从未发现自己拥有过什么,即便我努力去获得成为自己心中的好人所需的一切。

但那最终不是你的所需,那是我所需的,虽然我拥有那一切,但我却知道你只需要两件衣服,一块黑面包,也许还有你那无益的思索,制服说。

并没有,我更了解他,赤裸者说,他并不希望写诗,他希望在野外流浪,像原始人一样,可是一些东西和他发生了碰撞,就像以太海洋中不可知的神秘,它们也会撞上别人，只是他的感官太敏锐。说完，他大笑起来，有时候这只能用宿命做解。

有人生为漫漫长夜，威廉·布莱克说，但我们存在的瞬间，之前与之后都是黑夜，而我希望远走，逃离我的所知及所有，我想出发，去任何地方，任何村庄或荒原，只要不是这里。

离开，制服说，我向往的只是不再见到这些人，不再过这样的日子。

赤裸者继续大笑，但是，你将遇到很多人，甚至很多相同的人，他们会用你的名字说话，他们会说你的话，他们也会装作理解或不理解你。

他们像你一样可笑吗？赤裸并非文明，文明是一种伪装，我们需要伪装来美化我们自己的非人性，赤裸者，你既然拥有语言，为何不表达，而是用行为？

我厌恶语言，赤裸者说。

但你也拥有它，黑礼帽说，而你还是没有承认你的野蛮，你恐惧野蛮，你依旧认为孤独更为高尚，忧郁是一种深刻，你害怕全然的混沌和无序的世界，所以你依旧是时代之子。

也许……我们都是时代之子，而时代精神是一种同化，虽然我们伪装成为许多人，但都是我们自己，也许其不同只是痛苦的程度，制服也变得忧郁起来，说。

赤裸者开始沉默，也许只有一种绵长的痛苦才能隐没巨大的冲击和割裂，谁能逃避？

于是他站起身，穿上公务员的制服，公务员转过脸，我发现他并没有身体，仅仅是一身制服。他们成为一个新人走向黑礼帽，四溢的烟草雾气消失，赤裸者进入了黑礼帽的帽子。大地上一个穿着大衣的诗人走向我。

你是谁，他问我，你从哪来，你在做什么？

我摇摇头，发现站在我身后的我，我也该带他们回家了。

别问了，我说，佩索阿，我不是你。

我也不是，他说，我什么也不是，我只是喜欢这种什么都是的荒诞感。

塔可夫斯基

午后，经过一座旧建筑。

看到一扇窗子起火，透过窗子，一个人久久望着世界，我认出他，他是塔可夫斯基。

我想走进那栋建筑，却没有找到楼梯，甚至连一个入口都没有，也许这建筑只是海市蜃楼。我无法来到他身边与他对话，但却抑制不住地想，他在看什么，想什么，也许是电影的表达方式，也许是父亲的诗歌，也许……我为何要拍摄，或者为何观察，为何记录？我的大脑里突然闪现出这样的想法，窗子的火还在燃烧，塔可夫斯基还在那里，火焰烧到他的身上，衣服上，头发上。

你还好吗？我下意识地，朝着那建筑大声喊叫，周围的人投来异样的目光。他似乎听到了，他仿佛四下寻找了片刻，但很快又安静下来，火继续燃烧，建筑仿佛要倒塌了。

乡愁中有一段《贝多芬第九交响曲》的第四乐章的欢乐颂主题，在诗人自焚的时刻，我看到的人们如同被上帝摆放的场景般盲目，这就是世界吗？我拍摄，感知镜头画面瞬间的美，我记录，我发现细节，从而深刻地领悟它为何如此存在，我也时常怀疑，什么人在传达感知和知识，而此人也同时告诉我们并没有永恒，我们追寻一种美或希望借此理解意义，但那却都是徒劳。他说，可我还是创作了那些场景，诗人代替我焚烧了自己。

这是塔可夫斯基在自言自语吗？我听到了，但现在，我更想用眼睛保留一个壮观的画面，我看到塔可夫斯基离开了窗子，而火越来越剧烈，建筑物倒塌了，从倒塌的建筑中涌出了许多身穿黑衣、头戴黑帽子的人，他们手中拿着着火的书籍，口中歌唱着诗篇，像起飞的群鸟一样络绎不绝地走向城市，消失在人群中。

而这座城市，没有人注意他们，周围依旧车水马龙，一如既往。

安哲罗普洛斯

午后，与安哲。

在石门小屋中坐着、喝茶、使用语言。

我们并未谈论希腊和电影，而是说起了三种从不存在的生命：诗人，天使和小丑。

他们从未来过，却又像真的存在着，几乎每个人都有关于他们的记忆，只是那记忆从未完整。

他们真的不存在？我问。

是啊，从未真实，安哲说，接着，他开始讲述一个他自己的故事：有一次，我在拍摄一部电影，我走了很久，也许是为了寻找一个场景，有着忧郁和孤独感的场景，我用电影的眼睛看这个世界，它很灰暗。我渴了，接着，我遇到一个诗人，他说自己已经生活了两百年，我询问了他那个古老的谜题，诗人是否存在，他没有回答，只是他说如果他存在，世界就会存在另外两种人，小丑和天使。

我们同行，在一座图书馆遇到了小丑，一个流浪艺人，一个通过滑稽的语言保命的弄臣，但那里没有国王，他肆意嘲讽和讥笑一切，但我知道，他很忧郁，因为我用电影的眼睛看着他，他很孤独，他只是不把忧郁展示给人看。他有一个朋友，那是一只鸟儿，总在他头顶盘旋。于是我和诗人和小丑走在了同一道路上，很久，很远。直至最终，我们遇到天使，那也是旅行的终点，太阳落在西方的一棵树上。

天使没有翅膀，也没有色彩，甚至没有声音，我们互相看着，他是一个图形，一个抽象的多面体。这真神奇，你需要酒吗，需要安眠药或抗抑郁药吗，需要让你开口说话的药吗，需要听音乐吗？小丑问，接着弹起诗人的六弦琴。

不，这些都不需要，天使转向我说，我想听听你的故事。

我只想告诉你，那次旅行在很久很久以前了，在我还没死去甚至还很年轻的时候，我穿过许多城市，寻找那个忧郁的影像，一无所获，但我知道了一点，诗人，小丑和天使，都是虚幻的，是另一世界的造物，他们存在于彼此的故事中，神秘而稳固，随着彼此的诞生而诞生，消失而消失，而与整个外在世界无关，因此太阳落山后，他们全都消失了，你明白这之中的启示吗？安哲问我。

不，什么启示？

他们是一样的，甚至是同一种抽象本质的具化，他点燃一支烟，说，国王需要一位弄臣，人类就是国王，人类找到我时，他们的诗歌、俚语和祈祷我已全部遗忘，这就是我的故事。

他望向窗外，不知为何，我竟如此惆怅，夕阳落了，我想再跟他说些什么，他已不在，只有一扇窗子，一杯水和一支烟在燃烧。

三岛由纪夫

傍晚逢上了久违的风，出门便起了铺天盖地的叶子，偶然打着旋，如飞蝶儿般落了，但却并未落地，而是进入了眼前一片昏沉之中。进而便疑惑起了眼睛，便不知了眼界的存在。佛说无眼界以至无意识界。然而这界的概念，此刻因我的存在的迷乱而愈发清晰起来，因我是不属于这喧然的新的黄昏的。但这或者又是后来的觉悟了，我怀疑我早已经历过这种判定，便因同样的业已成为恐惧或反射的觉悟，得以在此刻出现于我本身的存在中，而非与美与思混淆。故而想起了最为让人混淆的三岛由纪夫，一股临危不惧的美的冲击也痛苦地萌生了。反而正与我之欲求的觉悟隔阂开来。东瀛民族之文化虽源于中国，但何以能生出其独具的苦的心性呢？这苦又造成了激烈的腐蚀，使得心的结实与沉重成为镂空，永生不可圆满？这或者有众多巧妙的构建。而三岛对美的体系的解析，或者体现了神的构建本身的野蛮，进而使我们之中将永存怀疑论者。三岛以自戕而结束了美的悲苦，而在其死前则极其残酷地完成了《天人五衰》（《丰饶之海》的最终一部，亦是决笔），加之《潮骚》《金阁寺》，他对哲学的所做远超越对现代小说的所作。而我最震撼的，也是最使我感到危险的，便是《金阁寺》了，而任何一个生存于对美的探究中的人，可能都无法抵抗这种动摇，我宁可未读过它。三岛时而浮现的理想主义悲惨地成为了牺牲，而悲剧之意义却使人迷惑，于是仅从生活与美的辩解中寻求解脱，便似缘木求鱼。东方的美或者过多地陷入在死与牺牲这两个词语里，毁灭与牺牲同是对美的终极意思的判决，但却因涉及到界而不同。进而不同的便是美存在于内部还是外部的根源性命题。对于个体呢，美是感触或占有，而这两种方式都更接近哪个词呢？这便是个体之存在于美的疑问。我无法解答。金阁寺被毁灭的命运是注定的，故而三岛的自杀亦然。三岛作短篇《忧国》与其说是政治理想的勃发，不如说是其所贪念的"美执"的反击，虽然他的死亦是一个军国主义的奇谈。三岛挚友川端康成，大概是最近的，甚至仅从小说艺术看二人也是如此。故而在川端获奖后，原以为受奖者应为自己的三岛便唯能再次进入其"美执"的甲壳中。金阁寺的美自然成为对生活无能者的辩护，只因杜撰的保护弱者的永恒道德法典，故而作为诺奖失败者的三岛便产生了对军国主义的求解。在他真正剖腹之前，以《忧国》为蓝本自导自演了电影短片，其中他已自杀了。即使那时他只是怀抱着猪大肠，但影像的色彩与缓缓呈现的细致的镜头都已将他葬入了美的死地。之后川端是唯一进到现场看过其悲惨结局的作家，川端的自杀虽未有政治成分，却也与此不无关系。美本身便是危机，政治与爱情都是其外表而已，东方的美更具这种灵性，故而使人怀念。对比于《威尼斯之死》或《道林格雷的画像》可知，但美或者有一相同点，那便是结局。我之怀念三岛，亦是对其命运的感叹，而写完这些后，想想其实也无须自扰了。

（三岛的切腹让人久久不能释怀，生死的一瞬被凝聚在一种古老的冷兵器上，这样的铁所具有的精神力让人窒息，这强硬的杀人利器从选材、冶炼、锻筑、成形直至成为一种见证生死意义的造物，无不是精致的艺术，因为生死之大之壮丽，只有在如此坚定的人手中，才能足以被创造成死的美学。三岛的死在武士切腹中亦显壮烈，如同人的另一种生。三岛曾写出柔情的诗话，最终也决绝地牺牲，他用一柄日本刀自戕，比之川端的自缢，更显一种刚烈：日本刀千锤百炼，光是将块钢筑成刀身的工艺就要将镔铁弯折十五次，每次都要祭祀刀神。这些手中的刀从外形到使用，从原矿到成品都凝聚着强烈的精神力量，更是一种生死美的极端展现，这与三岛的"美执"如此水乳相溶，也将其死的方式无法妥协地占有了。美执，使人之精神如被寄生般地困于对美的形态与本质的追寻之中，此刻认的肉体，被"美"的执念完全占有，他所思所想，不再关乎人生的日常，而仅追寻如何将生命之躯体与故事，献祭于"美"这一虚构的感念。因此，三岛切腹时为其补刀者亦为这追寻死之热烈的大勇所振憾，一刀进入腹部，然后坚定地横拉，仿佛与情人的相誓终得圆满。一般自戕者横拉后即已倒下，等待枭首，但三岛此时仍意识清晰，并坚硬地跪坐体验痛苦之美，此刻的美不在于意识的诠释，而只在于肉体与死亡短暂而深切地相拥。死亡这一普遍事实，在"活"的时间中呈现给自戕者罕见的经验，这经验无法表达与传递，却是人之生命经由信念通往永恒的必经之路。三岛面死之时所见何为？他手握日本刀，目击自身处于一个美的生死界，坚坐如山！这便是所有的生命的永恒中，属于他的一瞬。他的第三只眼睛超越语言，在认知的维度中遨游。而身边的介错者早已木然，第一刀斩首没有成功，紧挨着又是第二刀，但仍未成功！经受两次失败后，三岛的头颅竟然尚在，且最不可能的是他依旧没有倒下，而是一动不动地跪坐！一个生物意义中的生命力已然完尽的人，如果不是最强力的意志和信念在支撑，如何做到？《菊与刀》一书记载一位航母舰载机指挥官，在一次归航统计任务时受致命伤，带伤数完最后一架飞机，报告完毕即刻倒地而死，但体温已冷！原来此人早已死去，正是一种意志力使他拖着已死的身体完成职责，恰如此刻的三岛，其使命已与生前故事无关，只为一次壮烈的死而已。于是另一助手急忙换刀，终将三岛的头砍下，这时三岛才得以轰然倒地！日本刀向死而生，这种生猛的镔铁以绝无仅有的力量，时常在战斗中将对手连刀带人一同斩断，恰如三岛所爱的佛学公案中那南泉斩猫的故事般。塔伦蒂诺的暴力电影《杀死比尔》中，复仇者将敌人的刀段段斩掉，女刀人极速斩下反对者的头颅，以及老匠人精雕细刻一把杀人武器的场景，正是一种蔑视一切价值的美执与超脱一切生死的诗歌。火与水与金的煅造，死与生与美的熔解，竟是这般深切，无怪乎三岛必然在绝望中品尝自杀，也难怪在《忧国》之后的《天人五衰》中，如此掩饰其悲冷，又如此激荡地呈现生！美执是对诗人生命任务的诠释，人如何超脱于人，便唯有将人本身用作创造美与意义的素材。三岛之死带着执妄的病态，正如耳聋的贝多芬用残破的躯体书写人类的欢乐，人之"美执"已成自噬的衔尾蛇，它将人本身塑造成向死而生的极端图腾，"有一游魂，化为长蛇，不以啮人，自啮其身，终以殒颠"。罗曼·罗兰在写贝多芬时用"力"这一物理名词具象了这一作用，而它竟然真的是固态而真实的吗？可这又是一个巨大的悖论，常人如何触摸其作用，或许未在绝境的苦痛中而不可获，恰如贝多芬所言：唯有真实的苦难，才能祛除罗曼蒂克的幻想的苦难。而一个触摸着杀美和死美的人，还有什么未斩断的苦痛呢？）

庄周

这是一个古典的中国故事，讲述的是一个非常有思想的但是不得不去流浪的中国哲人看到了一个路上的骷髅，他询问那骷髅想不想起死，骷髅说，他不愿放弃在死亡的世界里享受到的美好生命。

但是这个故事还有另一个结局。骷髅对哲学家说他想复生，于是他复生了。而复生之后他却忘记了作为骷髅时的一切，就如同死人会忘记生前的一切一样，他看到自己没有穿衣服，盘缠也丢了，因此跟中国哲人胡搅蛮缠起来。中国哲人只好走开，于是中国再也没有出现起死的人。

可这个故事还有另一个结局，甚至只是无限多的结局中的一个而已。骷髅最终复生了，并且询问中国哲人一个自己刚刚想到的哲学命题，因为他自己正是一个哲人，正是因为哲学的思索使他沉睡在那里。中国哲人告诉他那不是沉睡，而是死亡，并询问他死亡之后的感觉。但那个复生者却并不理会中国哲人的一派胡言，因为他的头脑全被那个哲学问题填满了。骷髅想到的到底是什么问题才会使自己经历了生死都不会忘却呢？中国哲人来了兴趣，想象着自己作为哲人也许能够将这个问题解开，便询问那复生者他想到的到底是什么，是否有一丝线索。他就这样不断地问,终于那个复生者厌烦地走开了,走的时候还是赤裸裸的。这使中国哲人更加着迷了,那会是一个什么重要问题呢?他将自己陷入到对问题的追寻中,他就这样思索着、思索着,直到成为那里新的骷髅。

(选自《当一只鸟》,当然,这是庄子的故事,也是鲁迅的故事,它还会是别人的故事,因为死亡是一个永恒的话题。)

仓颉

　　神圣三角降临的那一天，语言消失了，石门的人们回归本质的状态，猫头鹰人、驯鹿人、蝶人，寻找着远古河湾的记忆，他们彼此杀戮、食肉、祭祀，用骨头垒起一座庙。

　　一男一女走过石门，女的惊讶问，他们为何突然变成这样？

　　男的说，用于解释的语言消失了，于是他们显露了本质。起初，我们观鸟迹虫文始制文字，我们学会了语言之术，却将邪恶的一面隐藏，而今，语言仅剩下三个最本质的无解的问题，人们遗忘它们太久了，你能回答这三个问题吗？

　　但女人已经不能言说。他们走过石门的街道，孩子们在身上画着三角形，牛奔跑着寻找水，鸟倒退着飞行，人自由地交合，为什么？有人问，但人们全部沉默。

尼采

即便没有贝拉·塔尔的《都灵之马》，我也会去设想那匹马和马夫的死亡，以及六天之中毁灭的世界。

一 毁灭

上帝用六天创造世界，都灵之马用六天将世界毁灭。

故事开始于那宣布上帝已死的疯哲学家尼采，贝拉·塔尔电影片头的独白中展现的场景像是一连串的轮回景象般最终成为尼采一语成谶的末日。

尼采曾两次致信友人谈到陀思妥耶夫斯基所描述过的那匹受伤的马，它似乎一直沿着某种生存的困境攀爬。拉奥孔因为对特洛伊木马失败的揭露遭受诸神的惩罚，而在一个上帝消失的世界，人们轻易地进行着报复。一匹马的形象重复出现，而尼采在都灵逢上它，那可怜的老马让人想起列宾甚至梵高画作中的穷人，想起《三套车》，阐述可以是任意的，我们不能验证那匹马并非不快乐，因为那匹马本身的感知是独特的，甚至那匹马并不存在。

但尼采将它带到了现实，那个思索过上帝的人和或许并未思索过上帝的马是在某种层面呈现出的同一种悲剧，而生命对于存在的某种天真的感知也是如此。

关于马的场景无数次重现，布列松一部电影叫作《驴子巴特萨》，以驴的视角呈现人类世界。《离魂异客》中进入新大陆处女地的殖民者迪金森在儿子被杀死后，告诉那些刺客最重要的是要把那匹马找回来。某个中国导演也借用过尼采疯掉的场景：去杀人复仇的上访户看到那匹可怜的老马，毫无预兆、毫无理由地击毙了抽打马儿的马夫。

这匹都灵之马是一个魔咒，带着某种延续性，这正如时间维度一样在人类控制之外。而另一个寓言，尼采将它带入真实之后，世界的毁灭却无视这种延续性的存在，它从一个节点昭示了毁灭与创世的对称，那便是人类宣布上帝已死的时候。

这匹马浪费掉贝拉·塔尔二十几个长镜头，尼采只是在对话中出现，马夫和他的女儿是毁灭的见证。他们在六天内先后失去了马、水源、道路、火、食物和光明，而天地间没日没夜不息的大风中难分浑浊与清澈，难分天空与土地，这个过程正与上帝造物的历程对称，而没有表现的一日显而易见地预言着他们终将失去的存在。

二 对称

这倒悬的创世纪是某种天启，存在本身包含了创造和毁灭，这是难以自洽的结构。

毁灭是从尼采抱着马疯掉开始的。那受了鞭笞的老马被马车夫赶回家，接着便展开它的报复：马车夫的悲剧从老马拒绝出门开始，马归来后，狂风不息的荒原便是它最终的归宿，它不再离开。都灵之马是马夫和女儿生存的决定者，故而它才是荒原的主宰，人类视其为工具，但人类与主宰的真实关系却是不对等的，人不能失去马，但马并非需要人。

这也许就是尼采不能在这困境中成为超人的根本。

都灵之马在人身上昭示对称性的力量。那借酒的邻居跟马夫谈论上帝已死，而与之相对的吉普赛人，用荷尔德林的话说"走遍整个大地"的流浪者却给父女送来了圣经。他们驱逐取水的吉普赛人导致失去水，水是驱逐这一行为的原因，也是驱逐的结果，因为水开始反过来驱逐人类，这是自然的另一对称，于是马夫和女儿准备丢弃都灵之马离开这荒原。但他们不得不折返，他们无法离开一个主宰，这是生活的连续性导致的。连续性，对他们是惯性，惯性，便是日常的对称，他们难以突破的对称，他们必然困顿于这荒原的石头的居所。

如果说马夫父女所存在的空间形象地表达了上帝创造的完整性，天地、水火、明暗、人类和动物，那他们则完全是多余的，是被对称抛弃的。荒原，一棵孤树，不息的风，如此的场景是创造超人的大地吗？超人也许只是那查拉图斯特拉的树，它比一切都简单和沉默，它只有孤独，任风暴摆布，却坚挺屹立，看着马夫和女儿试图离开又被迫陷入归途的循环之中。这最为孤独的生命的个体，才是那最强有力的超人。

那么，在超人诞生的地方，或世界开始毁灭的地方，尼采一定看到过都灵之马的泪滴，巨大无比如同被埋藏许久后挖出的钻石,溅落在大地上,成了一颗颗深景中的世界,那是世界的对称,某种被破坏的世界对人类的复仇,它是自然生成的。

所以,创造包含毁灭,存在包含消亡。

三 悖论

这是没有语言的场景,马夫是一个半残疾者,似乎隐喻了所有人的病态。如果马夫是完整的,就不需要他的女儿。但人似乎必须交流什么,或者必须与我们所处的世界中其他的人相关。但马夫与女儿的交流却可以将语言做绝对的简化,甚至消除语言。因为最低层次的生存,产生最低层次的语言。

语言消失了,语言的对称便是悖论,因为对于不可言说的,我们保持沉默。

但真理某种至高的黑暗却是相同的,荣格在发现东方哲学的奇异风景后,在黑暗中创作了那部《红书》,并非戏剧的戏剧,并非真实的真实,醒来又被迫睡去的状态,一场关于存在的重感冒。荷尔德林、荣格和尼采的疯癫是相同的,面对并非完美的世界时,黑暗的背景虽然并不总在我们的关注中,却会自然地呈现在生活里,这就是存在的悖论。恰如哥德尔的不完备定律之下,上世纪70年代,斯蒂芬·库里和理查德·卡普在研究数理逻辑时发现,抽象的逻辑问题无不包含于同一个可满足性问题之中,即"对悖论的识别"。

罗素的著名悖论指向人类能否建立一个完备的集合

包含一切的问题，但对合集的定义，却是一个会陷入循环的历程，它的更根本层面，是对无穷性质的认知，它到底是实无穷，还是潜无穷？对于工具，我们可以加以限制，休谟无视笛卡尔的思想，用律法去限定一切的起点。但如果没有这种悖论，我们又如何？人们面对的是可替代性命题的组合，因为出现许许多多的可以被认为等效的选择性，人们才开始永无止境的困惑。

但是如果悖论不存在呢？有一次我做了一个梦，梦的大部分场景都忘记了，只记得里面有一本书，大概五百页。我读那本书，书中的内容都是崭新的，它讲了一个完备的体系，就像罗素和怀特海试图完成的那样，我明知这在逻辑上是不可能的，但我确实在读它，它仿佛来自另一个世界。当我醒来，发现只过了半个小时。如果我们消除了选择的可代替性，如博尔赫斯的一篇小说中所创造的那个并不理解"变化"的世界，它将逻辑的基本公理否定，不存在时间之中等价的转换，还会有悖论吗？这是语言的禁地，但沉默能够避开对它的追问吗？如果不存在悖论，当马夫抽打那匹马的事实呈现于尼采面前，他必须会因之而疯癫吗，或者，这一现象必须代表悲剧吗？从莱布尼茨人们便开始寻找表述所有事实的理论，都灵之马是一个表述，却不是某种判定，它并不一定代表悲剧，但正因如此它才引发了我们存在的整个架构的悲剧，我们将找到一种无可代替的事实：因为我们不可置疑，父女二人在都灵之马的事实发生后还能对其他事实做出任何改变。比如他们为何无法逃离，为何对吉普赛人冷漠，为何不能求助邻居，为何选择在这荒原中生活，以及为何不去抗争？

不，他们并无解释，上帝只是为他们设定了一种自组织的程序，之后，上帝死了，这个程序自行地运转着。如果不存在完备的体系，这个程序必然会发生最后的毁灭；而假如存在完备性的体系，那这最终的完备就必将永无止境地延续下去，我们依旧无法改变！这是多么美妙而又悲壮的对称，创世之中必然包含毁灭或者无意义的永恒！

宣布上帝已死的尼采，在都灵之马的报复之中，或在那众神决定的特洛伊木马的报复之中，试图重新建立强大的超人，那会是多么孤独而绝望呢？都灵之马为我们展现了它的虚无，马夫必将死去，女儿必将死去，尼采必将死去！

四 存在

那么他们消失后会发生什么？

将无人再来到这个荒原，亦无人离开，这成为一个隔绝的或幻想中的世界。它本质是一个简单的模型，一个思想实验，甚至再无观察者，也不可证实他们是否只是不同维度存在的投影。那么，都灵之马和马夫的悲剧最终也成为一个无法证实的谜题。

如此，还有什么意义？谁在与那幻影中的风暴战斗，又是谁会最终失败在它的对称之中？设想一个与数学相关的问题，正与芝诺在其"飞矢不动"悖论中所表述的相似，存在难道不可以由无穷多个的虚无构成？如果将存在无限分割，能否对存在的每一个元素进行证实呢？存在与存在者是否相关？都灵之马或者并不存在，马夫和女儿毁灭掉的世界也并不一定对外部的世界产生影响。这里至少到来过借酒的邻居，到来过吉普赛人，他们或者永远不会再来，让马夫与女儿像薛定谔的猫一样被关在一个被可确定性抛弃的世界，但即便那些人真的曾经到来，在马夫和女儿消失之后，他们还是会如此地活着，如此地流浪。这就是人的悲剧，我们无力改变那匹马所创造的存在的单向性。

这个启示难道不是说无论时间还是空间上，存在最根本之处的无意义？而在这种虚无中，人又是何等渺小，尼采不能改变这种渺小的状态，甚至令其更加脆弱，那失去与上帝对话的机会的人类，将更加无视渺小的可怕，更加冷漠和残酷，更加速它的毁灭。

于是，对称后的第六日，光消失了，女儿不能再看到父亲，父亲也不能再看到女儿，他们连最低级的交流也不再拥有了，成为两个更加虚无的原子，也终将独自地停止运转。

这就是都灵之马的故事，也是尼采的故事，或者我们应该向那在对称中慢慢折叠的世界，献上一曲挽歌，如果有这样一个人的话，也许他们会有不同的结局。

（虚无的思想本身的确证实着某种更高力量在我们身上的作用，即便它不是上帝。这也是为什么必须探索和理解尼采与都灵之马的原因，虚无的背景逼迫我们去思考，或者我们最终必须寻找一种可被界定的意义，也许如陀思妥耶夫斯基所说的基督。也许这能抚平存在的伤痕吧，像那人云亦云的借酒者，或随风而去的吉普赛人，或干脆那匹无视死亡惩罚而去抗争的马，他们都独自地展现着个体在一个并不完美的体系中的形象，并和我们共同构成这尚在运行的世界，他们真正地影响了每个人，即便微乎其微，就像遥远星体带给我们的引力一般，但这无限接近于不存在的存在，必定存在过，在某种意义上，它们给了我们一个能够容许我们自身的理由。）

维特根斯坦

下水管道坏了,孩子一直在哭。

一个英俊的工人来家修理,看着有点面熟。

他看了看管道,拿出尺子测量许久,又在纸上默默画些什么。

奇怪的线条和数字,还有仿佛随意的涂鸦。

我问他为何不开始工作,他示意我沉默。

我抱着哭泣的孩子,想到生活不顺利,总在一种抑郁的情绪中,我有点不悦。

工人盯着我,突然,暴躁地问,我在这里工作,你为什么总是不开心的样子?

你喜欢这样的工作吗,如果我们远离了思考和追问,而是被生活裹挟在一台机器转动的齿轮上,它还有什么意义?

太多的隐喻,我不明白,他有点愤怒地说,难道你在抱怨?

不,我只是在说,意义,消失了,在许多具体的事件中,一种至高的价值被忽略了。

那你可以试试修理管道,他竟然显得有些平静,说,来吧,这真的是一件美好的事情,为了这种美好,你甚至可以不必付钱,我有很多次想寻找一个机会,去一个地方劈柴、伐木，或者参加集体劳动，没有比那种场景下的交流更精确的东西了。

我无言以对，也不想争吵，渐渐地，我们都平静下来。

我继续看他画来画去，很快一大张纸用完了，又是一张。

水不停地滴，钟表滴滴答答，孩子在哭，他在涂画。

不知多久，他才说，我明白了。

于是开始修理管道，但又好像并没有修理什么，他蹲在那，嘴里嘟囔着什么，好像在自言自语。

我感觉孤独，孩子哭声不断，我感到自己的残忍。

几分钟后，他站起身，说，从逻辑的本源来说，是水不好了，而不是管道，水才是黑暗的本质。

我不明白，但经他修理后，管道确实已不再漏水，而他也已经准备离开。

打开门，却又走回来，只对我的孩子说了一句：不可言说之事，你需保持沉默。

他离开了，孩子不再哭，拿着他留下的涂鸦好奇地观看起来。

毕达哥拉斯

据说毕达哥拉斯死在豆子地里,死时周围全是球体的象征。

几乎所有宗教都会神话甚至虚构其教主,毕达哥拉斯也可能是一个虚构的人物,作为教宗,后世认为他制定了许多奇怪的教义,但如果他是虚构的,那么制定教义的人到底是谁呢?这恰如斯宾诺莎对《摩西五经》的怀疑。

如今,毕达哥拉斯教已然消失,几乎无人承认自己遵从其教义,于是他只好独自在荒原漫步、思索,如同一个失去记忆的人,但他再也不试图解释自己的宗教。他说,如果有人宣称遇到了我,那便是相信人类能够与神灵对话,或者他疯掉了。

对此,我不宜评价。

我只是看到他穿着长袍,手持尺规,在田间寻找东西。

我忘了我们首先开始的话题,但印象中他与我想象的不同,他说到一个游戏。

他说,你们并不懂得宇宙之美,那是一种先验的真理,正如万物即数,并非源于人的定义。我相信这一点,但他的门徒们却将无理数拒之门外,我说。

无论你是否承认，许多数字必然超越人的认知，那种超越应归咎于人的无知。

而他为自己辩护：既然我是虚构的，如何将希伯斯投入大海呢？而且，并非因为他发现了无理数，而是因为他违背了教义。

你可知道造物创造的许多世界并不完美，他会怎么做吗？他说，当一件事永远不能完美时，便不再高尚，而仅仅是一个游戏，创世亦然。他们调整世界的方式极其简单，他们用最原始的不可互相反应的三维物体进行碰撞，随着碰撞趋于无序，他们才发现球体是最完美的，而对于人类，球体产生了苹果，从而有了牛顿定律，地球本身也是球体，从而有了哥伦布，球体是星体，因此有了伽利略，之后还有黎曼、庞加莱，他们的发展都是基于球体的。之后呢？人类知识的密码被写入球体，而非立方体或三棱锥，因为游戏者并不想让游戏变得简单，在复杂的变化所产生的简单的力学的原理，包含了球体为何神圣的原因。

他说着，笑着，这游戏模拟了我们关于但并不局限于数字的诞生游戏。宇宙并不确定什么是美，恰如你我，人类只是基于运算获得意识，而宇宙基于维度的变化。

那么造物主是谁，你真的知道？我问。

一种虚构的并不存在的生命，他说，但无论他是谁，我们拥有这个游戏，便拥有了造物的力量，他说着，拿出一堆豆子，放在一块光滑的石板上。

他说，当我们进行这一神圣的游戏，便是对创世纪的模拟，这也将改变宇宙的一切，因为万物即数。其实，在我的教义中，并非不允许吃豆子，只是我的教义都是基于这个游戏，所以在游戏中吃掉豆子是罪恶的，因为它减少了因子，从而将影响世界的变化。

接着，他准备向我演示这个游戏，一系列神秘而庄严的仪式过后，游戏开始了，一切都静止下来，除了那些豆子的碰撞。

我看到毕达哥拉斯开始记录一些数字，这些数字是怎么产生的，表达了什么，它们与我们的宇宙真的有关吗？我疑惑但并未说话。

我在验算一个定理，他说，造物主创造了整数，其余一切数都源于这个游戏。

我观看许久，终于感到饥饿疲倦，直至一只飞鸟将我惊醒，接着更多鸟儿飞来，落在土地上，它们吃豆子。大概我的潜意识也在怀疑和好奇究竟会发生什么，我一动不动地等待着，直至我看到毕达哥拉斯在愤怒中消失了。是的，他是虚构的，这个游戏也是，现实的世界不会有任何改变。但当我醒来，我的周围却变成一片大海，我被一股神秘的力量抛进海水，一些声音叫着我的名字，希伯斯。啊，是的，因为那些豆子，无理数产生了，那是造物主并未创造的东西。

毕达哥拉斯 II

四月六日，在一座街心公园我逢上一个孤独的小丑弹奏六弦琴，他说他曾是恺撒的弄臣。

你还记得什么？我问。他指了指身旁的虚空，说，还有圆形真理。

他说，那个时代人们思考那些神圣的问题。

人类的神圣信仰还创造了什么，那时没有战争吗？我问。

有，但只有很少的人被杀死，因为当时还没有人掌握最终的力量，因为人们觉得死亡并不可怕，当思考者感觉自己必须为思想献身时就会放弃生命，死亡太简单了，荷马、苏格拉底、希帕蒂娅、希伯斯都是如此。

圆形真理是什么？我问。

那是与他们相伴的东西，他们曾相信圆代表真理，神圣不可侵犯。

这多像毕达哥拉斯教派的教义，它是一种实体还是一种信念，我问。

无从而知，他说，但它的确与毕达哥拉斯相关，只是，真实的毕达哥拉斯并不想控制思想，因为他并不想测量。他说话有点语无伦次，但我可以听出他大概阐述着如下观点：测量让人掌握了控制思想的力量，而测量本身却是模糊的，一旦从纯粹思维转化成近似描绘，大部分人便会受控于工具，因而受控于掌握工具的人，测量虽然是毕达哥拉斯发明的，但却违背了他的初衷。

也许是吧，我说。

并非也许，那是事实，测量改变了世界，测量的无法理想化让人们杀死恺撒，毁灭了亚历山大图书馆，发动东征的战争，杜撰历史，人们为一丝一毫纠缠不清，却并不知一沙一世界，每个时间和空间的连续都应该建立在意识而非工具中。

他一边说，一边走进花园中心跳起怪异扭曲的舞蹈，好像在念着咒语，我看得有点眩晕。

当我醒来，他已经离开了，六弦琴放在地上，还有圆形真理，我看着它，它也看着我，它像一个宇宙，却无法触摸，它会与我交流吗？他曾思考过我所思考的东西吗？

风吹过，落花穿过它的身体，我拿起六弦琴，伸出手，感觉回到了南十字座。

希伯斯

等边三角形降临的那天,没有人跟我聊天,我孤独地走在喧哗的城市看到它慢慢降临,如国王般从容优雅地闪现。它为何与周围的人们无关?它究竟是在天空中,还是我的头脑里或眼睛里?它真的是等边三角形吗?一个自然发生的人造的概念?我们可以否定它吗?通过语言,否定它而保留日常生活的语言?

我想起一个久违的朋友,青年时代,他因为违背导师而被杀死,后来他随波逐流,彼时对于真理的抱负都已遗忘,但他不再惧怕死亡,简单而虚假地生活,只是或许依旧痛苦。

我急忙乘公交车去找他,看到飞机飞过天空,人们穿过了三角形的影子,太阳因此形成七色折射。而路上,石门的原始人聚集起来,举起火把,火把高过天空,准备点燃焚烧掉这等边三角形。公交车上几个人穿着白袍,时不时指向头顶,讨论着什么。我没有理睬他们,我来到朋友家,他坐在空荡荡的屋子里,似乎在等我,我看到他桌子上摆放着纸张,他在勾画着什么,我走近,看到那是等边三角形……

你看到它了?我问。

谁没有看到呢?他说,但我们忘记了时间和因果,就像概念和语言一样,我们的世界会创造它吗?蜜蜂的巢是六边形,鹦鹉螺是完美的分形,但它们可以测量吗?一个真正的等边三角形只在大脑中吗?而它如果不存在于自然,那概念如何进入我们的大脑?

这仿佛一个启示,我知道了语言,它的概念如何到来,如果我们否定它,甚至它的某一部分,就代表着我们否定了整个语言,进而否定我们的思维,之后,世界将再也无法真实,一切都如此,包括我们的生活……

我听到等边三角形在哭泣,你听到了吗?他突然语无伦次地问我。

我怀疑他疯掉了,可还是仔细聆听,他继续画了很久,但那已经不再是等边三角形,而是圆,直角三角形和其他的东西。

但我真的听到了,天空中的三角形在说话,用另一种语言,也许是海豚的语言……

他在告诉我人类正在杀死它,杀死它和圆,以及许多曲线,许多神圣几何。

我看看天空,飞机穿过等边三角形,很快它消失了,它短暂的出现,世界毫无改变,城市依旧如此……

而我的朋友还在画着,但已经画不出来了,世界上再也没有等边三角形了,它死掉了。只是那些已经完成的等边三角形像幽灵一样从纸上飞走,飞到了天空中,然后像气泡一样破碎。

希伯斯 II

在人类的荒野上，毕达哥拉斯寻找着完美的数字组合，数与形的关联从那个时代开始。

一种启示性思维在于从平面到立体的扩展，三次方程连接着立方体结构。艺术家们身在其中，而故事的进化，却将完美图形一步步消解，它不再是圆，甚至不再神圣，它是被弃于三维时空中的造物者的影子。而毕达哥拉斯也是一个虚构的概念，无理数亦然，吃豆子的罪恶很明显地证明了这一点，豆子是完美球体的象征，但任何实在性的物质都不完美。

毕达哥拉斯学派仍在秘密传播结社，但它的教宗其实正是希伯斯，他以肉身入大海殉道恰如基督肉身上十字架，基督是神性的，希伯斯是理性的。神性有许多种启发复活的方式，但理性则不可，它唯一的方式就是质疑。因此，希伯斯虚构了一个强权的毕达哥拉斯，并以自身的悲剧宣告其失败，这是一个阴谋，但却是善意的。

希伯斯曾行走在古埃及的金字塔中，以寻找那些神秘的数组，当然，更重要的是寻找不朽的方式，因为那时科学与哲学尚未分开，包括生物学和医学。但希伯斯并未找到，他被投入大海也并未如基督般复活，当然也只有少数人知道他的秘密,甚至至今仍有人认为他生活在大西洋中的一座海底之城,我还曾遇到一个信徒说洛夫克拉夫特也生活在那里。

阿基米德

如果哥德尔还活着,他一定会希望看到那种已经消失的语言。

中国神话传说中,有一座圣山如须弥山、圣维克多山或比利牛斯山一样,抛弃语言和被语言抛弃的人们在此修炼,对世界进行概念的抽象,然而他们的语言经过与世隔绝的独特进化,常人极难理解。

我和朋友在传说中的那个地方寻找很久,在人们几乎忽视的一处遗迹,发现了一座纪念碑,那是一位战士弯弓的雕塑。

日落时,太阳恰落入箭头所对的一座山口,我们用锤子敲开山石,夕阳透过,那里重新明亮起来。穿过被敲开的道路,我们进入白昼,一条溪水从石缝涌出,我想就是这里了,我们要跟随它,去传说中藏有天书的地方。

旅途艰辛而孤独,却有无穷奇景,而这里的维度仿佛是混乱的,一些传说中的声音隐隐约约,那正是语言的最初形态。人类被封印的故事,我们如今已不再知晓。

我们发现一块石碑,上面写着如同甲骨文的密码,朋友并不知晓其含义,但我很快发现,那些三角形代表着不同的勾股数,我把数字记录下来,对应起罗马字母,于是意义出现了,那是一句箴言:不要碰我的圆。

这是阿基米德被罗马人杀死时所说的话,我大概明白了一些东西,不同的人类历史有其相似之处,但这个秘密我并没有告诉朋友。

我们继续前行,最终,一座仿佛要通往地球内部的深井挡住了道路,我猜所谓天书应该存放于此吧。轮回中的大能者或造物者从时间的远方,那过去与未来相通的地方,传播最完美的语言,但靠近它,一种幻觉在大脑中闪烁:我想到了献祭。

亚伯拉罕曾用儿子献祭,亚述古国的统治者曾用王子献祭,而商代的人们用奴隶献祭,而直至十八世纪,经历了科学大爆炸时代的人们依旧在烧死女巫,对于杀人,人们拥有原始意义上的热爱。我曾听一些疯疯癫癫的古人类史学者说,对于一种更高智慧的主宰,人祭是必要的,因为语言正是诞生在人懂得死亡的时刻,而对于神秘的探寻也正源于创造不死的梦幻。

但我不想这些,而是注意起周围许多大小不一的鹅卵石,它们的形状甚至非常规则,我想到了一个阴谋。我建议朋友扔一块下去,通过回声来猜测一下天井的深度,我打开计时器,朋友捡起一块光滑的卵石。

不知多久,深井中的回声让"我"或者"我的朋友"离开那里,我知道那便是神秘的最初语言,也是完美语言,它对于所有人毫无分别,如果哥德尔知道它,便再也不会"为人类能够通过语言相互理解而感到困惑"了。

我或者我的朋友回到了城市,但我和朋友开始缄默,虽然"我"已经通过他的眼睛看到了另一种真相,但再也没有提到过那种语言和天书的故事,因为对于活着的人那都毫无意义。

开普勒

清晨，石门的街道，一群赤身裸体的女巫被绳子捆绑着，在身穿神圣战袍的士兵押解下，缓缓向一堆火焰走去，她们没有一个是神圣的，但保持着理智的我，知道这是人类历史的不断重现而已，她们必须有人死亡，也有人被治疗。

我也知道石门的女巫中有许多是被陷害的。

首领提出抓捕女巫的口号已经很久了，每年都会有至少三名女巫被处死，这仿佛成了必须完成的任务。人们热衷于此，因为对于女巫，令人信服的表现是，她们大多数并不能准确理解和表达自己的心智，她们甚至相信自己是罪恶的，魔鬼侵染了她们曾经圣洁的灵魂，只有靠火焰的焚烧，才能让她们重获新生，她们之中还有一些认为自己的世界是虚构的，是撒旦的梦境。因此，她们很多时候并不为自己辩护。

在这些女巫中，我看到一位年老的妇人，她与别人关系不好，时常被指责，她忍气吞声地低着头，表情却平和安静。我负责审判了她，而后，我了解到她还有一个儿子。

这个儿子不务正业，没有人知道他想做什么，他更像是魔鬼。

但有一点却非常可疑,我知道很多女巫的亲人们会为了自保而放弃亲情,这是让女巫绝望并放弃辩解的原因之一,但这位老妇人却相信自己的儿子在传递神的伟大思想。

我满心好奇地来到她所说的地方,拜访了她深居简出的儿子,他的家杂乱无章,桌子上摆满着各种几何机构的模型。我进去,但他并不想跟我说话,只是在纸上写着混乱的东西。

您觉得这是神的思想?我问。

神是一位几何学家,所以,我们必须学习几何的语言才能与神交流。

几何的语言,那是什么?我问。

你不会明白,那需要天启,它是为寻找真实而创造的伟大事业,关于群星,关于未来。

你如何获得天启?我问。

比如,梦境,我只能这样说,我记载过一个梦,我的母亲用一种神圣的启示,把我带到了月球,在那里,我看到了另一世界,山川河流,城市文明,我还经历了许多故事,您以为那是梦吗?他看了看我,反问道。

我突然想到他的母亲,便说,不,那是真的,因为您的母亲是一位女巫,她施展了魔法,并因此正在接受审判。

他听到后表情有些痛苦。不,他慢慢地说,那的确不是梦境,那是真实的,只是需要很长的时间,需要四百年的时间才能获得验证,但我的理解是正确的,四百年后将会有人去到月球,但那多么迷人,如果可以,你愿意去吗?

我迟疑了片刻,说,当然愿意。

那好,杀死我吧,并把这个梦境之书传播出去,让人们理解那个几何学家上帝,我的母亲不是女巫,我才是巫师。

我拿起那本书,书页上满是密密麻麻的符号和数字,尾页留有主人的名字,开普勒。

我离开那里,不一会,石门的人们包围了这座房子,后面的故事不得而知。

陀思妥耶夫斯基

上

杜妮亚把我引到监狱的一角，那个昏暗的小牢房，西伯利亚的风，吹奏着世世代代的流放者们没有写完的曲子，笛声阵阵，场景如同梵高画作中的阴暗。

杜妮亚：他谁都不想见，但我知道他很渴望交流，他找不到陀思妥耶夫斯基先生，我没有告诉他，先生已经死去了……

我：也许他还未死去，死去的只是他之后的时代。

杜妮亚：真的吗？你知道什么？如果你有陀思妥耶夫斯基先生的消息，请你告诉我。

我：我知道，但现在，还不能说。

杜妮亚：（眼神中充满希望）我相信你，先生，无论你是谁，你怎么来的，只要你对他有帮助，我真希望你能多跟他说说话，他现在，很沉默。

（教堂的钟声响起，如同阿赫玛托娃的诗篇）

杜妮亚：我要走了先生，你跟他多说些话吧，他不愿去教堂，可我得去，我们不能都在没有天堂的地方。

囚徒：（大笑着，如同癫狂地说）我们活该在这个无罪也无解的时代接受惩罚，那惩罚便是，未来的人们将怀疑我们是不是在真正的索多玛城！

我：也许并非如此，我们深埋着许多美妙的追求和幻想，只是，只是缺少哲思和表达，这让我们一方面更贴近生活真实的罪恶，另一方面，却远离了对这种罪恶的真实性的探索，也许，交流会让我们更好。

囚徒：（有些愤怒地说）那么，你告诉我，我有罪吗？一个拿破仑似的人物有无权力去以个人道德的名义主持公正？它质问的内核在于：康德认为的人的绝对的理性与道德准则是否存在？杀人与自杀是对世界行使权力还是对这种无主的权力的侵犯？如果这种权力存在，如果它涉及人的存在的责任，那么它一定是普遍的，而非个体的——从这个意义上说，我不是在问我们拥不拥有自己的杀人权或自杀权，而是说，我们的行动，杀人或自杀是不是对这种坚定的、属于每个人的不可分割的权力的侵犯？

我：生活与信仰给予这权力，也从这权力的痛苦中拯救。

囚徒：不要再重复他的话，一百年前，我就听得厌倦了！他把我放在这里，却自己行使了这权力，他离开了，隐藏了，却让我忍受这一百年的质疑和自责，我不会再相信他，如果……如果有另一种可能，我绝不自首。

我：如果你能回到自由，回到那个世界，你将作为一个"天才"还是"普通人"生活呢？

囚徒：如果我忏悔了，那说明我并非"天才"，而只是不小心做了"天才"的事，行使了"天才"的权力！但我重新选择，那就是不信上帝，我是无神论者，相信革命的理念，血债血偿，以恶制恶。……你觉得我是什么呢，天才，还是普通人？

我：你读过他后来的作品吗？他已经远离了别林斯基、车尔尼雪夫斯基们，那是我所爱着的先生，一个贵族知识分子，一个拥有改良信念和崇高宗教信仰的人，也许他能看到善的光芒的，从而不相信以血为代价可以达到彼岸，所以，他才比那些更现实与实效性的实验者们走得更远。

囚徒：但杀死沙皇和杀死一只虱子，是完全不同的！

我：如果你自由了，你会去杀死教皇吗？

囚徒：我尽力去做！

中

第二天，我自己来看他，给他带了一些书籍，主要是这一百年来的历史，当然是比较简略的。我不知道在狱中他有没有读过这方面的书，但当他得知人类曾发生过两次世界大战，甚至造出了原子弹这种可以决定战争胜负的大规模杀伤武器时，竟然疯癫地大笑起来。

囚徒：我知道会这样，他失败了，他相信的东西失败了！而我，我庆幸自己没有看到这一切，他的监狱，让我免受了这巨大的惩罚！

我：你真的想象过？

囚徒：我甚至可以想象外面的人会如何，他们会漠然，会无视，会遗忘，会在痛苦的背景中假装快乐地活着，他们，不会销毁原子弹！

我：那是因为，对于罪与罚的回答是困难的，谁，希望自己在这种质问中生活呢？

囚徒：的确，对罪与罚的解答是困难的，没有人希望如此，除了我！我被迫要去思考这些东西。比如，虽然我们会建立法律与道德来指控个人，但如果面临指控的将是整个文明史呢？如果我们用自己的行为不断证明，人类的进步只不过是无数次我这样的谋杀构成的陷阱，是许多人合谋的对最简洁的信条的挑战呢？

我：（沉默着低下头，无言以对。）

囚徒：这种指控在无神论和唯物主义的圈套下成为了物质进步的必需品，成为了原始积累的借口！这么美妙的谎言你如何拒绝，如何分辨，人的判断力能够从我们的历史中寻找到公正的善恶标准吗？一个有思想的人能不为此而恐惧吗？

我：我无法回答。

囚徒：那就让他来回答，他在什么地方？他死去了吗？

我：也许，他死去了，一百年了……

囚徒：他是怎么离开这人间的樊笼的？而将我抛弃在这里一百年，难道他不会不安吗？

我：会的，对于一个有"良知"的人，这种不安与人间的一切惩罚相比，都更加沉重和可怕。

囚徒：那他为何还要死去，而没有来救我，没有把他死去的消息告诉我？现在，他不会再站在道德的高点来指责我杀死了那个老太婆了吧！他同样，杀死了一个人，虽然，我也是罪恶的！

我：（低声说）可是，他并没有杀死你。

囚徒：太可笑了，难道你不知道，这永恒的对内心的质疑，比死亡更加可怕吗？如果不是这监狱的严密，也许，我早就自杀了，我不想再知道意义，一个革命主义的谋杀对真实的生活有多少意义？难道我们的善，仅仅是为了使自己能够心存安宁，使自己不背负罪恶吗？那么难道通过思辨，通过对人类前景的美好心愿来解释暴力，不比获得这种安宁更有说服力吗？（他站起来，眼睛中放射着痛苦而坚定的光芒，大声喊道。）让我下地狱，我不下地狱，人类将不会美好，既然入地狱是为了多数的幸福，那么这个地狱便不是罪恶，而是光荣的牺牲！

我：（沉默许久后，小心翼翼地说）也许，也许善不是为了解脱……

囚徒：难道你更了解我？你说那为了什么，为了什么？！

我：也许，是杜妮亚……

下

最后一次来到这阴暗的牢房，我在想，什么才是功利主义的极限，什么才是最重要的牺牲？而良心与公正将如何建立关系?是通过暴力、强权、杀戮、清洗,还是通过感化、教育、原谅、尊重?对于他来说,不是杜妮亚,也许是,但无论如何,他就要自由了,他受了一百年内心的拷问和负罪,终于决定不再等待,他要死去了。我在他身边,可他连看都不看我一眼。

我:杜妮亚去打水了,也许,她还会采摘一些水果回来。

囚徒:(沉默着,不说话。)

我:你比那时候更坚定了,虽然,我不知道你的信仰是否是对的,它对于人类,会有什么好处。

囚徒:(缓缓地朝向我)那时候我是什么样子?

我:那时候,你很软弱,读到你的故事时,我就在想:那个受罪的、受良心惩罚的、怀疑自己因为心灵太软弱而不能称为"天才"的人,他会怎么做?我已经忘记了,在你自首前我是怎么个想法,也许,也许当我们抛弃功利主义的时候,这种质问和对未来的影响才会清晰吧。

囚徒:(哀伤地说)可是,我还是自首了,现在,真的不会了。

我:为什么?

囚徒:你知道,那个犬儒主义者的自杀,他永生都没有明白,却勇敢地与这个可悲的黑暗世界决裂!现在,我想到了另一种启示,我已经忘记他当时跟我说了什么,但死亡的真实性,也会改变,我知道了另一种真理。

我:什么真理?

囚徒：我一直没有认罪，对于杀人，我不认为杀死那个放高利贷的包租婆是不公正的！但是，我被流放，在西伯利亚，在忏悔和思索中痛苦地度过了一百年，而杜妮亚，那个好姑娘，她却因我感到负罪！但现在，我不会再跪在她面前痛哭流涕了，因为对于世界，我没有任何索求，我只是一个该下地狱的人！

这时，监狱的门又一次打开了。是杜妮亚，而她身后，则是陀思妥耶夫斯基，他并没有死去，但是，已经如此苍老，如此临近死亡，他穿着一身宽大的袍子，慢慢地走来，没有拿十字架或圣经。迈过牢房的铁门时，弯了一下腰，说，这里太低矮了。

陀思妥耶夫斯基：拉斯科尼科夫，我的孩子，也许，我早该释放你！但是，我相信基督，即便有人证明，基督与真理无关，并深知这是确凿无疑的，那么，我宁可选择基督，而不是真理。

囚徒：（努力地从床上坐起来，他的眼神中，突然充满了尖锐的质疑。）所以，你要我也去相信，通过一百年的时光，相信你那神圣的卡拉马佐夫信条？

陀思妥耶夫斯基：是啊，但现在，你知道我并未死去，而我的信条也未改变，虽然，我知道这一百年，有战争，有种族灭绝，有屠杀，有毒气室，有饥荒，有文化革命，有独裁，有原子武器。

囚徒：（大笑着）那你在干什么？躲在黑暗处，等待他们醒来？

陀思妥耶夫斯基：（哀伤地说）是的，可我也是在陪着你，等待你忏悔的那一天，我在黑暗中等待，等待人们变好，你知道，我经历过死亡和连绵不绝的癫狂，也受到过感动，更承受过黑暗，而现在，当你终于有了自己的选择，我想，既然我一开始就选择基督，那么便不该让别人去理解真理，更不要说基督了……

囚徒：（坚定地说）是的，我知道，他与真理无关。

陀思妥耶夫斯基：一百年了，也许我不该如此，对于一个渴望而信仰宽恕的人，对于在惩罚中求解的人，我应该知道，你有权去做正确的事，有权对统治者和皇帝指责和嘲笑。

囚徒：什么是正确的事？你还觉得我应该去自首吗？

陀思妥耶夫斯基：我不这么觉得，正确，应该是每个人心中认为的美，而不是圣人的判定，这个世界，如果没有圣人也许会更好。

囚徒：是的，因为天才从不相信人类，所以，才造出了圣人，而我，不需要圣人。

陀思妥耶夫斯基：我们都不需要，每个人都应该拥有枪支，拥有原子弹……

囚徒：（沉默着，眼睛突然湿润起来，仿佛陷入到很久很久以前的回忆中，低声地重复着陀思妥耶夫斯基的话）每个人都应该拥有枪支，拥有原子弹？

（没有人说话，囚徒安静下来，又仿佛弥留之时，杜妮亚走到他的床边，拉住他的手。）

囚徒：（看着杜妮亚，缓缓地说）如果那样，也许，也许我就不会杀死她了!

　　陀思妥耶夫斯基:是啊,但这故事还是留给未来吧。(说完,便消失了。)

　　而拉斯科尼科夫,终于在平静中死去了,死去时,只是拉着杜妮亚的手,没有最后的弥撒,没有人给他唱安魂曲,没有宗教仪式。西伯利亚的风吹拂着,吹拂着,仿佛一场梦,而这风,要来叫醒我们。

卡夫卡

在公交车上遇到一个人。

他一边读一本书,一边发出些奇怪的声音,像是金属的摩擦。

我有点疲惫,那天,感觉什么都不好,就一直看着他,因为他很奇怪。

他不像周围的人,虽然他似乎在嘟囔些什么,但总觉得他比所有人都安静。

他把手躲在衣袖里,像是在瑟瑟发抖,他穿得很奇怪,一直低着头。

公交车慢悠悠地穿过大街小巷,我感觉这熟悉的道路,却似乎带我到了许多陌生的地方。

那个人突然朝我看了一眼,消瘦的脸,就像一个有大智慧的隐士。

我想上去跟他说几句,但是没有,直到他给一个人让座。

我才发现他站立的姿势很奇怪,就好像有一个多余的身体,他穿着很大很长的外套,我禁不住,仔细地看了很久。

他是一个畸形!

他下车了,步子蹒跚,我不知为何,忍不住拉了他一把。

却感到那外套里冰冷的结构,他跌倒了,在公交站台。

外套中的甲壳露出来,漂亮的甲壳……

但没人注意,于是我急忙冲下车去。

帮他把外套穿好,他回过头。

消瘦的脸上露出亮黑色的骨骼——一只大甲虫。

但他却冲我微笑,接着步伐怪异地离开人群。

看着他的背影,我久久地站在那里,默默地说:

卡夫卡,走好……

塞尚

一

那个时代，人们并不知道真实的含义，所以对真实的表述有多种方式。

作家、诗人、音乐家以及艺术家，都试图在一种可自我阐述的前提下表达真实。真实，不一定是客观场景的实在性的存在，也是一种对其内部关系的理解和演绎。

因此，作家或诗人设置的冲突与现实中极难发生的巧合，形成了真实的另一维度。而这是基于人类自身的认知构造，感官，形成了具有附加性的理解路线，因为即便我们知道很多故事已经偏离真实，但依旧会为其所感动。而更直接的真实，比如绘画，当它如同日常现象一样几乎毫无二致地呈现我们眼中普遍的存在时，其意义却似乎被削减了，心理学家和哲学家认为这是因为我们的思维已经对附加性的理解线路形成了依赖。

那么，美术应该如何突破呢？其实，与其说是美术不得不寻求一种突破的路径，不如说，我们体会到的真实其实是肤浅的。就像我们的不完美性造成了对虚假的完美的依赖一样，当某种信仰狂热出现时，真实已经被解构，而我们的眼睛本身，就具有这样的能力。

美术与小说、诗歌、戏剧所不同的是，它的途径正是我们的视觉，而不是体悟。心灵对于真实可以是规避的，但依旧有着感性与理性的相互作用。但眼睛，这一我们自认为明确无误的感知系统，实则是蒙蔽的。画面很难呈现事物内部的复杂关系，而文字，尤其是具有一个超越整个场景之外的阐述能力的文字，却更为简单。

这样的局面，许多世代以来被认为是不可解的，直至塞尚。

二

起初，塞尚的美术理论建立在对真实进行的分层上。

他认为，最开始的绘画，大多是呈现瞬间或者某种具有特殊意义的场景，画家希望借由这种现象的展示，引发人们对真实的想象，或者，在心灵中构造一种密度较低的真实，在这一真实出现的空白处，借由心中的美的理念去填补。所以，他们非常注意对细节的利用，光线、空间、人物的表情，他将这称之为"真实的表面张力"。

随着美术表达的多样性，爱因斯坦所阐述的时间主观性也在美术中逐渐突显其意义，心理学对场景的认识也开始引发更多的思考，塞尚将其称为"主观层面上对真实的构建"。但同时，随着科技进步、人类发展，真实的表面张力所受到的影响也越来越复杂，信息扩散的加剧、意识形态的隔阂、影响因子的干预，传统作品所呈现的真实其实越来越不可控。比如，所谓的波普艺术完全是对美术的解构和摧毁，却深受媒体的追捧，大众从娱乐的角度认为艺术的本质便是如此，它成为了对真实的补充，而非对真实的哲学性质深入探究的手段。

这是塞尚所不可接受的！

而作为一个实证主义信仰者，塞尚所坚持的真实必然应该是客观的和深层的。从那个现在被称为"最糟糕的时代"开始，塞尚便决心寻找他自己的艺术救赎之路，他要寻找一种既非古典也非现代的更高途径，他深信，那将是一种突破。

不久后，"母题"这一由塞尚的绘画所衍生的哲学主题诞生了。

三

起初，人们并不明白塞尚的画作要表达什么。但与亚里士多德将宇宙概括成五种正多面体一样，塞尚，将绘画的元素归纳为"圆柱、球体和圆锥"，有人说，恰如阿基米德的墓碑。

对圆的理解，是通往真实的重要途径，塞尚完全凭借一己之力，在美术上开辟了这一途径。对空间的几何性总结，开启了一个新时代。塞尚的画作中，场景处于具象与抽象化之间，这是一种平衡，而对于场景的抽象，也不完全为了表现场景，更重要的是，表现构成场景的"母题"间整体性的联系。几何是立体的，而立体可以呈现在平面之中！

这一转变，不仅规避了视觉本身的局限性，甚至可以说是将它变成一种优势，就像我们可以自然地判定一个墙角的凹凸一样。塞尚画作中贴近画布和远离画布的空间属性，不必通过光影错落、透视布局进行描述，而是由"母题"固有的属性呈现。

而这一思想，首先形成于他探索性的水彩上，那些水彩已经完全地放弃了对空间的刻画，而是完全由近似几何的方式呈现。这一时期之后的画作，几何的运用更为精确，塞尚仿佛是细致地在艺术上重复欧几里得甚至是黎曼的工作。每幅画他都需要构思很久，有时候，会让模特摆几十次造型，也会重复地对同一"母题"进行几百次观测。

塞尚的艺术和哲学成功了，塞尚之后，才有了毕加索的立体主义，但起初，毕加索只是个搞波普艺术的。毕加索独到的眼光，使他预示到塞尚的艺术将会带来一场革命。但他唯一没有想到的是，大众对于艺术的理解能力，人们依旧肤浅得甚至令人恐惧。

塞尚在艺术和哲学层面的成功，并未给他世俗的生活带来他应得的荣耀。

作为塞尚年轻的好友和将塞尚称为"父亲"的人，毕加索的影响力并未给塞尚的作品带去更多的追随者，他甚至担心塞尚此时郁郁寡欢的情绪。于是，有一次他独自隐秘地跑到塞尚所在的圣维克多山，而这，也成为艺术史上的一个谜，他一定对塞尚说过什么，因为那次隐秘会见后，塞尚的艺术又一次发生了重大改变。

但两个人都对此深深缄默。

四

许多塞尚和毕加索的研究者进行了种种考证，他们认为，毕加索可能是去劝说塞尚，希望他在自己那阳春白雪的画作中，加入一些波普艺术的元素，就像毕加索所做的那样，也许这样可以让他更快地获得应有的声誉。

这种说法广为人们接受，因为，这也对应着人们对塞尚性格的认识。塞尚是一个非常倔强的人，并且对许多本质性的东西有着深深的迷恋，他会去形而上地看待世界，即便一些细微的人情世故的小事，也会引起他对整个世界观的质疑，所以，他绝无可能去迎合大众娱乐。

但那次秘密会见之后，塞尚的画风的确发生了许多更加重大的转折。那自然不是毕加索启发的，但少不了是因为他的刺激，这让塞尚更加急迫地寻找一种新的美术，那种根本的、绝对的、永恒的，真实的形式。

而那便是我们今天所熟知的"数字美术"。

其实，从几何画法，到数字美学，有着思想谱系上的完整性和连贯性。我们知道，从笛卡尔创立坐标系开始，人们便理解了数字、函数变化与几何之间的互通，之后，这一思想在数学上不断发扬光大，它不仅用于将抽象的代数学进行更直观的几何展示，更是在对高维度的几何空间，进行代数运算的思想根基，如后世的"别雷函数"与"二部地图"的对应与关联，以及拓扑学、代数几何的发展等等。当然，限于笔者学养，对数学思想仅能表述至此。

但塞尚意识到，对几何画法的探索已经完成，如何在此基础上形成一种具有数字那种明确真实性的美术呢？表达一种复杂的数学的关系，就像把那些坐标系上复杂的曲线，变成一个个的函数？塞尚开始了他的探索！

首先，他要掌握了对绘画中所有元素进行量化的技巧，比如对色彩赋值，对空间结构进行函数的处理。达·芬奇很早就开始使用黄金分割的比例了，但那是为了呈现一种美。美，与真实是有着诸多差别的，不是每个人都像达·芬奇笔下的《维特鲁威人》一样完美，它必须允许残疾人和丑陋的人出现。因此，塞尚认为，美的数字，不一定是真实的美术。

其次，寻找基于母题的几何概括的真正的数学，或者是数字，或者是函数，或者一些新的元素。塞尚用自己的天才发现了几何、空间、母题、色彩、布局之间的深刻联系，虽然，这一联系并不一定完美，但足以创造出他全新的技法了。

当然，对这一技法的探索，如今依旧是美术研究者们最关注的话题，几乎每一幅新发现的塞尚作品，都会引来对其技法和哲学思想的一番热议，甚至许多著名的数学、美学、哲学研究院也开设了专门塞尚解析课程。

但作为普通大众，我们不必要知道塞尚究竟是如何创作的，只欣赏作品便足够了，那种对于真实的理解和呈现，是一种人类作为审美和理性的双属性动物，所获得的奖赏。

而其中最为著名的便是塞尚晚期的《作品997号》，它是塞尚生前最后一幅作品，更是新美术时代的集大成者。

五

塞尚开创了"数字美术",但这并未给他的生活带来多少改变。

虽然其后世许多大师,诸如毕加索、康定斯基、马瑟韦尔、杰昂·米罗、波洛克等等,都称塞尚的艺术改变了他们的人生。但塞尚生前,其作品却一幅都没有卖出去,甚至美术界的同行们,大多是嘲讽和批判的态度,塞尚,从未得到过认可。

以至于他垂垂老矣之时,便心随灵魂中追逐终生的真理,在圣维克多山过起了隐居生活。他不再与任何人交流,甚至包括他最亲密的朋友和弟子毕加索。十年之后,人们才得知他死去的消息,又数十年后,他的画作才终获认可,仿佛是在嘲笑人类的愚钝,而今天,塞尚已被迟来的皇冠加冕,他创下了纽约拍卖行有史以来的最高纪录。

但,这是他所设想的真实吗?

卡拉瓦乔

一

来地球收割麦子的巨鸟,鸟嘴被不知什么人割下了,人们赶到现场时,鸟嘴像一把刀子,深深地插在这块土地,而鸟的羽毛,则被整整齐齐地排列在草地上,就像一个天使。

巨鸟的肉体上爬着蚂蚁,幸亏是蚂蚁,它们可以把它慢慢地分解掉,而不至于血流成河。

这巨鸟名叫歌利亚,夏天的时候,穷苦的农民凑钱把它雇佣来,据说它来自很远的地方。

它的佣金并不便宜,但可以给人们省去很多力气,它从不偷吃麦子,它只吃那些昆虫和杂草。

它很大,很大,如传说中的鲲鹏。

昨日黄昏,它还用自己的巨喙切割麦秆,现在,它死了,身体有的部位露出粉红色,几个农夫趴在它巨大的身躯上哭泣,他们悲伤地哭,仿佛那是他们自己的孩子。

而还有的,一边哭一边用藏在袖子里的小刀切下它的肉。

死鸟,如此具有力量,显然应该被一个巨人杀死,但谁知道它到底怎么死的?

警察开始调查,他们驱赶走那些哭泣的农夫,用一条条警戒线把死鸟包围起来,他们将它摆好的羽毛,作为证据,从泥土中取走,尸体,变得更加赤裸。

警察们仿佛是怕它复活,而警戒线上,写下的似乎都是咒语。

过了很长时间,这个案子终于被侦破了。原来,杀死巨鸟的是一个孩子。

为何杀死它呢?孩子非常坚定地解释,这只鸟儿得了一种可怕的瘟疫。

如果不杀死它,瘟疫将会传播,不必说让它去工作了,连雇主的性命都难以保障。

果然,不久后,那些吃过鸟肉的农夫都神秘地死去了。

人们指责巨鸟的雇主把病鸟带到地球,将空间中神秘的传染撒播到自己的家园,但无论如何,瘟疫还是爆发了。愤怒的人们开始驱逐那些租鸟的商船,很多人冲上船去,他们喊着口号,举着铁刀和火焰,他们的恐惧化成对商人的仇视,暴力事件不断上演。

但其实,人群中有很多只是希望能跟着商船逃离。他们中有杀人的逃犯,有受够了生活的妓女,有得罪了达官显贵的市民,还有想去外面看一看的艺术家。

二

这是一个悲伤的故事,停靠在地球上的商船们也在等待着巨鸟回来。

但上船的却多是逃离的人,他们甚至拖家带口,沿着那条漫长又狭窄的舷梯一步步往上爬，虽然他们表现得很愤怒，但眼神中，却似乎是一种期待和希望。

地球上的纤夫们则艰难地背着绳索，他们用身躯努力地固定着大船，以使大船不要被海上狂野的风吹走。

政府尚未下达对商船的驱逐令，但这些船主却早想离开了，他们只恨那些纤夫太愚蠢，不知道他们的本意。可是无论是谁，一旦踏上攀登大船的道路，便再也不想回去，连下去告知一声纤夫都不想。

于是，那大船就在码头颤颤巍巍地等待着。

这样，一个夏季便过去了，黄叶纷飞的时候，大船终于要离开了。

大船停留的最后一天，有一家三口才匆匆忙忙地赶来，他们没有拿着铁刀，也没有举着火焰，而是带着一个孩子。而这个孩子像对地球有着无限的深情一样，他回头看看来时的路，巨鸟歌利亚就在路旁，如今，只剩下了骨骼，它的身躯，早被蚂蚁和人们吃光。

它是怎么被杀死的？他问自己的母亲。

被一个和你一样的孩子，用一只弹石器。

谁看到了？他问。

但开船的汽笛声响起，没有人再说话。

三

人们兴高采烈地跑过花丛，酒神的葡萄高高举起，割麦子的死鸟轰然倒在麦堆上。

人们有神秘和黑暗的仪式，模仿火的诞生。因这仪式的第一百二十次狂欢，人类喝下许多酒，在大地上游荡，有男人有女人，在远方靠近了幽灵。

死鸟受到召唤，杀死它的不过是一个生命的天才。

它还记得他的样子，彩色胡须和彩色眼神，用尽了壮观的土地和热烈的冬季。

那个冬季出走的群星，感染了死鸟的伤痛、饥饿和贪婪，在巨大的头顶焚烧雪的香甜。天才面临哭泣的天宇，面临人类从南方而来，带着三叠纪笨拙的鱼鳍。

盲目，他们当然如此，混乱在一起的微暗形成了盲目的本质，谁，像死者一样思索我们？

从胎盘中取走成为孤儿的鸟卵，安放在春季打扫的手臂上，新神弹奏未能完成的丧曲，还有三千年将会成熟的人体，值得他们杀戮。

死鸟兴高采烈地跑过鲜花开满的寓言，和老人们对峙，谁，见到了这个世界？

覆盖在大海的母亲的黑翅子造就了言语，脐带漂浮着俘获沉船，有人来自巨大的水面，一群降落的月亮破碎在夏季的四周，汇聚的野兽伸出双手，悬挂起粗壮的麦根，马的耳朵竖起，马的胎盘展开，聆听天空的色彩。

他来到宗教的目击现场，取走了众人手臂上的血脉，取走手指和神圣，我们剩下光秃秃的麦的根系，黑暗和光明的在顶部碰撞，如同一场生殖，在粒子内部，时间已经不多。

割掉死鸟的头颅，太阳洒鲜血，拔掉彩色的尾羽，耀眼如巨虹。死鸟之大，化成血的瀑布，化成飞叶子，化成幸福的六角星座。四只拥抱着的胳膊，进入了秘密的阻隔。

这是杀人者的罪恶,杀人者独涉远方,流放在永恒之地,我们那一场雨季的粮食,全被盗走,已成人体和词汇,已成美酒和色彩,已成干枯和思想。

杀人者血肉模糊的地面,血肉模糊的河水,乘坐漂白的芦苇,苍青的苔藓,在一块刚刚煅烧的方砖上抽出了胳膊,取走铁刀和铁刀旁的头,取走十字架,用意志治疗饥饿。

谁盗取了那带着巨喙的头骨并在大地的深渊里收藏,巨人防御觊觎者,他们胆怯却欢乐,唱自己的国歌,军队冲向刀口横向的岸边,人类死去,而巨鸟复活。

剩下的又将是收获和杀戮,琴声和秋天,交配的马和鱼类,盲目的归途和监狱。神秘的星照耀农民来到古老的田地,滴血成为太阳而来的光明,死鸟之声覆盖所有基督。收获之时农民们头围黄巾,赤裸半个脊背。

复活的死鸟在肩膀上雕刻皱纹。人们依旧微笑,微笑是对木头的报仇,一次狂风聚集在夏末秋初的北方。又开始了,我们饥饿的故事,在诗歌的手抄本上,文字书写过千遍的原始记忆,无非关于鸟,无非关于死亡,隐形的复活的黑鸟等待着,歌利亚的名字。

巨人轰然摔倒在战场上,尘土飞扬,遮天蔽日。

新神的躯干却被自己撕开,从土壤分裂而出的疼痛在蔓延,趁着神圣的夜颤抖之时,农民们举起手臂,拉动陆地的战船,世界的血在合唱。

离开了,他决定自戕,石皿上下涂满毒药,金色盘子疯狂舞蹈,不戴十字架,而带一把刀。隐形的死鸟怀抱祖国，抢走粮仓，杀死王和王子，将眼睛变为两只漆黑的死肉像熄灭的火炭。

我在遥远的异乡，听到死鸟咀嚼人类的血和骨，我在遥远的异乡，听到死鸟的欢笑，你们是否听到我的欢笑，我的心脏和胃在火焰里欢笑。

四

他永远摆脱不了童年的梦境，那像噩梦，又像美梦。

即便在逃亡之中，即便经历如此多的恐怖。

他并不惧怕追杀，他只想知道一件事，是否值得去描绘。值得吗？对于虚假，一如三十年来，没有人回答他童年那简单的问题，除了这个梦境。

卡拉瓦乔将死鸟的名字，画成自己的头颅，接着，死亡便是一种真实的存在，而不是遥远的幻觉。人们应该相信奇迹吗？那妓女为何不能成为圣母？如果，真实是唯一的。

他躺在即将接纳自己死亡的床上，有气无力地问，十字架在哪里？

我以为他要忏悔，要接受最后的盛典，要让自己在天堂争取一席之地。

可他抓过十字架，说，我想要所有的，十字架。接着便把它扔掉了。

巨鸟的船只停泊在海边，一声鸣叫后，他便死去了。

克里姆特

我不知道他们是怎么来的,总之,他们一下子来了很多人。也没有跟我打招呼,我听到楼道里吵吵嚷嚷的声音,出门一看,一架飞船在停车场上,而那狭窄的楼道中,一群人排着长队,队伍直到我小屋的门口。

火星女孩告诉我,星球毁灭了,在很久很久以前。

我说,你们进来吧,它总会消失。

接着,他们都不再理我。他们去了另一个屋子,用了很久,他们脱去太空服,一丝不挂,他们聆听着月亮,做爱。他们开着门,火星女孩很漂亮,甚至朝我这边看了很久,她兴奋的时候不断地喊着"π"的数字,他们崇拜圆,他们通过圆理解宇宙。

我打开电脑电源,是一堆混乱的色块,那是火星男人给我带来的一个谜题。

我想起很久以前的一个女人,她喜欢玩拼图游戏,她对颜色有天赋的敏感,她喜欢康定斯基和波洛克。有一次我买了一副波洛克作品送给她,她说如果让她分割997次,她便能重组出一副康定斯基,如果分割1013次,则可重组出克里姆特。

她看着我,问我是不是心疼这幅精致的仿品,我说我只关心创造力,赝品与真品都一样。

第二天她开始分割那幅画，先是康定斯基，但997次和1013次都是无法均分的。

她在画作上画了一个笛卡尔坐标，然后用数字标识成一个圆，她从坐标系的原点做射线连接那些数字，每个数字，都占有着画面上独特的一小块区域。

"π"在宇宙之中，是最神奇的密码，她说。她在我们的地板上工作了几个小时，那些画作形成的一个个密集的点，就像她的眼睛一样灿烂。

她又找了一张很大的白纸，在上面记下许多数字和字母，她好像在计算什么，她继续在白纸上画圆，那些圆如同变幻莫测的魔术，有时候会组成奇怪的图形，我们在那些图形上接吻，拥抱……

第二天，一幅康定斯基的画作诞生了。画面如此逼真，而技巧如此神奇。真的如此吗？我问，你在什么时候制造了它？不是我制造的，它就在那里，我只不过用色彩和数学的结构，找到了它的秘密，她笑着说。那么，克里姆特呢，他在哪？我问。

她说，你需要另一种不同视角的观看，它们原本都在，如果你的眼睛能够辨别出它，能够辨别出色彩之后光谱的逻辑，以及它们组合形式中更高的秘密，你能从复杂中找到简单的存在，你就会掌握艺术。

那么，我看你还会是一样的吗？我问。

谁知道呢，也许，你不该看到那么多吧。

那天，我看到她用同样的方法，在一幅波洛克的画作上寻找克里姆特，一个圆，一个关于"π"的谜，在呈现，她很快乐，也如此美丽，那是我永远不会忘记的场景。

  第二天，我有了一幅克里姆特的哲学，而她，却不在了。

高更

他成为一名画家，因为他喜欢燃烧画卷时的香气。

那不是将颜料随意涂抹到任何画布上都会产生的香气，那必须是一幅画卷的香气，画卷与颜料的不同就像人与死尸一样。所以，创作画卷和毁灭它时，画家都必须对这一事件的整体进行思考，就像对香气的嗅觉与对色彩的视觉是同一件事，画家的感知，其实是在不同时间维度上形成的通感。

焚烧达·芬奇的《蒙娜丽莎》和拉斐尔的《西斯廷圣母》是完全不同的，前者是一种橘子的神秘气息，后者则是真正焚烧松木的气息，也有一些画作焚烧后的气息差别很细微，所以必须不断锻炼自己的辨别能力，那是气息，也是色彩。而越是细微的差别，越更加证明，必须经过深刻的构思和仔细的图绘才能产生特殊的香气。

他在那香气之中沉迷，并因这些特殊的香气拥有了创作的灵感，而他最终的目标，是创作一幅在他看来接近完美的作品。于是就这样，他在绘画和毁灭画卷的循环之中度过，这就是他的一生，他不知道，那完美之作何时才能完成，而完成后，他还会烧毁它吗？

一天，画家正在画画，一个女孩来到他的小屋。画家只有一间屋子，狭小无比，仅够容纳两个人和一幅画。

于是画家完成那幅作品后，他并不能够燃烧它，而女孩告诉画家，他可以用另一种方式来毁灭画卷，就如同燃烧，那就是遗忘。女孩时常会遗忘掉自己的生活，因为她身边不是总会有笔和纸来记录。

画家点点头，他开始试着遗忘那幅画，女孩看着他，她爱上了他。

但女孩离开后，画家还是将它烧毁了，因为他的大脑中突然出现了心中那幅完美作品的影子，他必须彻底忘记那些已经完成的作品。那幅画卷燃烧了一整夜，散发出一种夏季麦场的气息，混着青草和阳光，他就在这气息中睡着了。

第二天，女孩给画家送来了几只苹果，有的带着虫子吃过的疤痕，有的干瘪瘦小，但画家看到后都很开心。他和女孩兴奋地做爱，接着，便试着去画那幅自己心中完美的作品，他画了一个采摘苹果的男人，但那或者是个女人，或毋宁说男人和女人的合体，如果烧毁它时，不会有苹果的香气，那肯定是自己的鼻子出了问题。

画家创作这幅画花费了很长时间，终于有一天，女人问，难道他也会烧毁这幅完美的作品吗。画家不知道如何回答，他只是画。孩子诞生时，他便在画作上添上一个可爱的黄皮肤婴儿，女人很开心，怀抱婴儿的形象，便是她自己。

直到有一天，一个黄昏，女人离开时，画家在画卷上加上了他自己的形象。一切的诞生、生活和死亡，都将呈现在这里，这最原始的场景。画家看着这幅画，想，如果我们从未思考过这幅画的主题，将会如何？如果我理解了它的一切,我又该如何?

也许,还缺少些什么,于是他拿起画笔,在画卷正中涂绘出一团火焰。

第二天清晨,香气弥漫着,画家的小屋还在燃烧。

(很多画家在作品中留下了他们自己的影子,卡拉瓦乔、拉斐尔、波提切利、达·芬奇,当然还有《丁丁历险记》的作者埃尔热也有此好。在没有签名的时代,这是进入永恒的美好方式,而毛姆在《月亮和六便士》中,设计了高更烧毁最后作品的情节,写完这个故事时,我想也许这是我们都认同的结局。)

贝克辛斯基

人类曾经热衷于以黑暗为元素的创造，他们称其为美学，其内容多是关于地狱、末日与荒凉的外太空的想象场景，它肇始于潜意识学说刚刚兴起之时，许多心理学家认为那是对人类深暗的潜意识领土中那无尽的处女地的开拓。

创造者大多生活在天寒地冻的北极圈附近，瑞士的吉格尔，凭空想象出了外太空那机械生物异形的造型，它们身上体现着一种不尽的循环，它们有灵魂吗？仅从其外在形象看，它们似乎是一种基于本能和应激性的生物，说不准还可能是科学的产物：异形带着黑色金属光泽的身躯时常让人想到被放大的微生物或寄生虫，但它拥有标准地球大生物的结构，头部、躯干、四肢，其实它们也可能是异化的人。

相比之下，贝克辛斯基的造型仿佛拥有着它们自己的世界观，贝氏以斯堪的纳维亚的北欧神话与末日启示为精神内核，塑造了如同莫扎特的安魂弥撒般恢宏和深暗的地狱场景。而那些主题生物，似乎都在一个末日等待着某种降临。贝氏经历过二战，目睹人类更甚于地狱的残酷，最后死于廉价的刺杀，他一定认为许多我们能见的恐怖，正是想象中的末日。他的色彩华丽，很少使用到金属光泽，因此那些主题生物是肉体的。与吉格尔的一个巨大差异在于，它们是可以负伤的，因此它们拥有信仰，信仰的最初目的便是抚平人的伤痕。

而更重要的是，贝克辛斯基对于红色的迷恋甚于黑色。有人分析，加缪曾创造一幕戏剧，统统以黑色为背景，诗人海子在他的诗剧中广泛使用红色，《太阳·弑》从红色走向天国，其沉重更胜于黑色。也许可以这样认为，人存在两种毁灭，在剥离了所有的人之属性后的毁灭，其悲剧性不及为其保留一丝希望的毁灭。因为那种无望之望必然在一切意义褪尽之后更加无奈地沉沦，以至于其本身由世界毁灭的追随者逐渐沉沦于毁灭之前。那些黑暗画家大多经历了这样的变迁。

正如黑暗艺术家何维正以东方神秘主义为灵感，创造了大悲咒系列作品。他身上应带有一种印度教苦行派的气质，如克尔凯郭尔或地藏王菩萨般迎接在地狱中赞美上帝之公正的命运，但是否有人真的有普度的渴望抑或仅是描述？对于痛苦的深刻领悟能够抵消掉淡忘的逐渐发生吗？

贝克辛斯基的人们在混沌般的空间中等待与挣扎，有甚者已经盲目了眼睛，白色的绷带渗出血迹。果然，他们依旧是人，是末世的人，迎接他们的是心灵先于外在世界的毁灭，在这些黑暗、殷红、痛苦、扭曲和宏大中，盲目的眼看到了无尽，无尽代表着屈辱的延续，而他们无法终结自我，因为那一丝可悲的渴望，人的有限存在在对抗这种无尽中唯剩下挣扎。但他们等待的是什么？被科技、信仰、文化、道德所封印着的启示，它美好吗？而谁又将揭示它，那是达利在广岛核爆之后对原子美学的向往吗？

平克·弗洛伊德

四月六日下午，在石门的公交车上听平克·弗洛伊德，车窗外平静，雾霾笼罩。

旁边座位上是一位脸孔消瘦的先生，我认出来他是那位音乐家，但没说话。

我知道你在听我的音乐，可你知道我的故事吗？他也在看着我，缓缓地说，痛苦的树，你记录和编造人类的故事，可你知道历史是什么吗？

他平静地说，我的父亲死在这座城市的战争中，一九四四年，一名普通的战士，被伟大的人物们煽动，以为人们都会热爱理想和自由，他们怀着善意，为正义而战，直到有人使用毒气，他们才明白没有被写就的历史是不带欺骗和恐怖的，如果真如人们所设想，多数人决定人类的未来，那这便是整个人类的不高尚，邪恶写在他们的基因里，文明毫无希望。

我迟疑很久，低声问，然后呢？

我的母亲死于烧炭自杀，她爱我，但我无法确定，生命是艰难的，而语言是压迫性的，无论如何阐述道德，都是对罪恶的美化。

可以创作了美好的音乐，那些音乐难道不代表了人类的创造力，人类的诗情画意？

他点燃一支烟，说，是的，但音乐是另一种生命，我们对灵感一无所知，但可以证明，那并非来自我们的思考，那不是逻辑的运算，它们就在我的梦中，我时常梦到旋律袭击了我，我在梦中写诗，可是当我把这些梦讲述出来，就像泄露了天大的秘密，它们再也不会出现了。现在，你还认为音乐是人的创造吗？

你是一个神秘主义者？我问。

他没有回答，这时女检票员走过来，让他把烟熄灭掉，他笑了笑，下车离开了。

我继续聆听他的音乐，如此壮美，如游行的神灵歌咏吟唱，那些诗歌充满隐喻和意识流的场景，我开始思考那究竟在表达什么。这时，检票员突然冲我大叫起来，我感到耳朵疼痛，她指着我，表情惊恐。我侧过脸看着我自己，一只蠕虫正在通过耳机的线路缓缓钻进我的耳朵，它长着紫红色的身躯，数不清的脚分裂着，攀爬着。

我急忙试着把它扯掉，又努力想拔出耳机，但毫无作用，它继续钻进我的耳朵。

这时司机转过身，诡异地微笑着对我说，别担心，很快就会好。

是的，很快就会好，我感觉到了它，它变得温和起来，它已经触摸到我的大脑，它开始和我一起思考，或者是我思考它，或者它思考我，或者是它思考着我在思考它，那是一个无尽的循环，我分不清究竟谁才是思考的主体。

不要思考，司机接着说，否则它会长大。

可我忍不住思考它的故事，也或者是它在向我讲述它的故事：是什么造就了它，是寂寞和水和孤独者的影子造就了它，但首先，要造出悲剧，然后造出渴望，然后造出疯癫，然后造出抗议，然后造出诗性，然后造出音乐，然后造出安然。一只虫子在我大脑中融化。

我望向窗外，石门街头，公交车成为块块方砖，堆叠起来，女检票员在我身边耳语，充满诱惑的声音，那声音与虫子成长的声音缠绕起来，在我大脑里，所有的语言都是喂养它的粮食，我理解了线粒体寄生的意义，我已不得不与它共生，所以如果我去思考它，它便会不断长大，而如果我克制自己的思考，我也将无法思考。

车子继续前行，在充满红色的街道上，缓缓前行。这座城市，声音变成红色，色彩归为红色，人群膜拜红色，人群在广场上，激动地聆听红色，而街上爬满各种各样肥大的红色蠕虫，它们爬上公交车、路边的街景、广告牌、高楼的霓虹灯甚至小店铺的招牌，夕阳西下，多美。很快，刚刚那恐怖、痛苦、恶心的感觉消失了，我温柔地感到一只巨大的红色蠕虫已经成熟，从我的大脑里缓缓爬出，真乖。

快乐小分队

朋友要送我一张唱片,他说他在石门。

想了许久决定自己去取,在火车上遇到了一支乐队,他们背着奇怪的乐器,表情木然。

一路上,几个乐手很少说话,我倒是很想从他们身上听一些关于音乐的建议。

摇滚乐是什么样的一种概念呢?无论是在西方,还是在国内,如果将他们归为一种精神属性单一的类型音乐,未免有些太不求甚解了。毕竟,我大学毕业后也在一个音乐杂志工作过,那个时代,作为一种接受主体是青年人的音乐形式,摇滚音乐承载着一些反抗权利的诉求和表达。但更为深刻的一些音乐,则是民间主题通向存在层面的艺术展现。

我喜欢平克·弗洛伊德、尼克·凯夫的坏胚子以及收音机头,总的来说,这些乐队对于思想的展现形式非常多样化,有的是通过编曲的复杂性,有的是通过旋律本身对于黑暗元素的触及,还有的,极致地展现了个人在生存层面的脆弱体验。

我一边说着,一边等待他们给一些建议。他们都是长发,除了主唱,但都不怎么说话,只是偶尔点点头。而主唱在看一部电影,我瞥了一眼,一只公鸡不停地扭动着脖子，一个拉手风琴的男人盯着公鸡，很久很久。

电影很无聊，结束后，我想跟主唱聊两句，而他却开始写东西，我凑过去。我说，我对语言很感兴趣。他用低沉的声音说，不要远离寂静。

火车在山路上行驶很久，工业音乐的声音响起，就像"倒塌的新建筑"。我竟然听得入了迷。而他们并不唱歌，也不弹琴，无聊地待着，于是，我拿出一本书闲翻。

书中说有一些人类是从南十字座来的，他们成批涌入，装扮成人类的样子，混入我们之中。其实他们是那里的农民，最底层的外星农民，有的靠种地，有的靠经营一些小本生意，手里有了几个小钱，便移民到地球。

而在南十字座，高贵的人们则移民到了更好的星球。地球，也许是最坏的。

还有一些外星生物，他们在我们的宇宙中以不同形式存在，灵魂也是不同的，他们有情绪，在愤怒的时候，会呈现和表达真我，而平日里，他们是树和野草，在沉默的铁轨旁更加沉默。

我合上书，几个乐手问我要去哪儿。我说石门，他们说，别处也有此地。

我正在理解这句话的意思，那个主唱突然说他想回去，回到他们来的地方，也许只有一种方法。接着他提议播放音乐，而这只看似新潮的乐队却播放了电影《音乐之声》的原声，一首又一首，随着《雪绒花》的音乐响起，他们好像超脱一般，睁大眼睛望向天空。

在路上，我们遇上了一场遥远的葬礼。人们举着巨幅照片走过荒原，人们穿着黑长袍，人们戴着三K党一样的尖尖的帽子，送葬的人奏着一支缓慢压抑的音乐，不要远离静默。

分开时，我们没有道别，我不知道他们要去哪。我在石门下车，找到那个网名布鲁诺的朋友，他说他准备去美国，我便祝福了他。他把唱片交给我，唱片名叫《白痴》，我看着他，你受过惩罚吗？他突然问我。

我不知如何回答。

苔藓

梦中，我们在考试，关于生物学，题目很奇怪。

我好像知道这些奇怪的题是谁想的，我好像知道它的隐喻。那并非关于知识，隐藏其中的，是咒语般的文字，生物让我们重新认识自我，之后，便乐于毁灭。

一只巨大的蜗牛在试卷上爬，我不会做那些题，我感到害怕。

接着，形象模糊的老师走过来，她要拿走我的卷子，我不知道她是怎么想的，但我又仿佛能听到她的心声，她觉得我不努力，要去纠正我。

而那时，我却在思念一个人，一个或者已经死去的人，一个象征性的人，我很想见她。

我想离开，于是我没有申辩，但离开时，却看到一个朋友在笑，诡异地笑。我和一个挺丑的胖女孩被女老师带走了，桌子上留着我的试卷，我在上面画了抽象画。

我和那个胖女孩都光着上身，我们被带去见一个大人物，走过甬道时，两旁没有树，在一个深坑旁，我瞥见里面有许多人形的东西，又如同融化掉的蜡烛，他们纠缠在一起，像许多孩子。我感到恐惧，我也知道那胖女孩的恐惧，她把女老师推开，我们便开始逃跑。

而那女老师的形象一下子清晰起来，她成了一名警察,她追赶我们,我们看到很多跟她一样的警察,但他们什么都不做,甚至不来阻挡我们,只是傲慢地看着我们笑,疯狂地笑,就跟看小丑的表演一样,他们似乎知道我们一定会死掉。

我跟那女孩都光着脚,起初的甬道是泥土的,很松软,但门口处却是水泥地面。那里守着几个人,见我们来了便朝地上扔玻璃瓶,我们跑得很慢,追赶者也慢下来。我们前面有一道门,我记得几年前,我曾在首都一座大学当保安,在那我遇到一个傻乎乎的孩子,十七八岁,来自一个农村,他的嘴总是张得很大,很多人都嘲笑他。

而现在,他就在门口,他扔着玻璃瓶,嘲笑我。

但最后我们还是逃出来了,门敞开着,但那些人已经不再追赶。

一条老街,街口站着一个老妇人和一个女孩,我已经忘记了街上的店铺,只记得那有一台自动点唱机,但却是语音输入。我说摇滚乐,我现在就想听一些摇滚乐,但屏幕上显示的结果却都是样板戏,我找了很久,我很焦急,以至于都不知道胖女孩怎么消失了。

摇滚乐也消失了。

点唱机旁陌生的女孩在哭,而我们好像知道彼此的心灵,我也哭了,哭得很心痛。

我就这样哭醒了,醒来时,我躺在一片苔藓上。周围没有人,也不知道这是什么地方,但总比噩梦要好。我享受着阳光,不想站起来,想像第欧根尼一样一直躺下去,我的手下意识地触摸四周,我找到一块石头,心形的石头。

我不知道那是谁的心脏,是大地的,还是我的,或者某个远方的什么人的。我拿着石头,仿佛渐渐地,听到噔噔噔心跳的声音。我想赶紧逃走,却听到好像有人在说话,秘密的话,我所不能理解。远方,很多人消失了,他们说,那只是循环系统,而不是灵魂的居所,是的,而且它还很硬。

我听着它,却发现自己的心跳停止了,但我还活着,只是身体开始变绿、变绿,慢慢地,仿佛成为了我身旁的苔藓。

我听到有人说,这片苔藓真好,躺过去,我给你拍照。

还有人笑,但我却看不到人。几秒钟后,我真的感到一个人躺在了我身上,我闻到他身体的烟味,感受到他卷曲的头发,听到他的心跳,和那石头跳动成了一个声音。

接着,我看到光,闪光灯很亮,很短暂。一个影子留在了我的身体里,然后,那个陌生人离开了,再没有声音。我就这么躺着,我就这样回到了自己的梦境。

点唱机旁,古老的音乐演奏着新的故事,建筑、革命、牺牲和奋斗,女孩还在哭,老妇人则在安慰她,我突然想起了一个城市的名字,但他们说城市不在了,名字也成了禁忌。

我站起来,和长满我皮肤的苔藓一起走了很久,我是一个怪人,或者那是一片怪苔藓。于是,路上很多人跟我们合影,他们从未见过这种东西,闪光灯不断打在我身上，我总是会在强光消失的一瞬感到一个巨大的黑影朝大地扑来，像最快的乌云一般，像一群黑鸟。每次闪光灯过后，我都看到它，却不知道它是否真的存在。

我感到恐惧，恐惧又消失，进而，每个遇到的人都像影子一样。

最后，我终于来到曾经的城市化作的废墟上，那里有一扇门，一个总是张着嘴的傻瓜朝我大笑，那么熟悉。我低着头，默默走，天很阴暗，人们都离开了，傻瓜和摄影的人也散去了，只剩下我。我等着乌云，等着在乌云和黑鸟群中遇到一个人，那个或者已经死去的人，他在野外的苔藓地上，躺着，仿佛在沉睡，他曾有故事，但已被忘却。

我看到他慢慢变绿，我知道他在做一个噩梦，真的，不一会连沉睡的他也听到了雷声！他醒来了，睁大眼睛看着我，我知道，那台点唱机，我说，摇滚乐，接着，我开始哼唱一首歌：Stairway to heaven……

乌云让他更加清晰，慢慢地，我们开始一起唱，声音变成了一个，我拉着他的手，手臂上苔藓连成了一片，我们拥抱，那么紧密，就像融化的蜡烛，我们感知彼此所思，而思想中已空无一物，我不再看他，而是看我自己，丢失的石头的心脏。

我们是同一片苔藓，孤独而怀疑，漫长而静默。

就是苔藓的生活。

FATE

跟朋友在一个路边的小店坐着,这里人不多,但环境不错。

这是一个以摄影和老照片为主题的小餐馆,用岩石纹理装饰的墙壁上张贴着许多作品。

人来人往,各自生活。我说最近总是失眠,甚至会感到对入眠的厌倦。

我的朋友说很多事情不能想太清楚,否则就会优柔寡断举棋不定,这就是这个时代很多人的弱点,成功者们大多是当机立断,他们很有胆识。

我想起进门的时候看到的一张荒原主题的照片,那空旷的巨大的空间里,仿佛没有任何事物,仿佛来自虚空。那照片震撼了我,它展示的东西在我的记忆和经验之外。

于是我回到门口,想去再看一下,却发现,张贴照片的地方只剩下了模仿的岩石墙壁。

怎么会没有了呢?我感到奇怪,其实,我只是想去看了一下作品的签名。

于是,我努力回忆,但是无疑,记忆清晰地告诉我,那照片刚刚的确在那儿。而且,我似乎想起了那个签名,对,进门的时候,我瞥了一眼,那是一个很奇怪的名字,只有两个字母FT，两个都是用花体书写的，看上去像个女孩的笔迹。

我的朋友读了很多社会学的书籍，最近却让我推荐几本关于艺术的书以及一些经典小说。我很久没有时间看小说了，大概几年前读过最后一本小说，叫作《爱与黑暗的故事》。

我想小说有两种视角来写，一种是知识分子的，还有一种是说书人的。对现实的虚构化重现，已经不再引起我的兴趣，而对于另一种人的观点，我也不再那么信任，那么，还有什么故事值得去思索呢？或者，是一种哲学的深究呢？

我喜欢鲁迅的那篇《过客》，喜欢卡尔维诺、博尔赫斯和卡夫卡，但我不信任很多解读和观点。因为就我而言，某种场景的完整性中，透露出一种富有张力的深意，现象的呈现，其本身是对话的整体中不可或缺的部分，或者可以称为哲学性的实体性呈现。而人的解读，则多是断章取义，或者深究于词句，或者忽略了场景，这都造成了虚假。

那么，遥远星体的运动与引力，对我们的影响难道不能够忽略吗？朋友问。

在量子那鬼魅般的超距作用下，如果我们想到它，则会更加真实。我突然觉得，某个时刻，我们的大脑正是因为那更高维度的力，在驱动其思考的。

朋友点点头，他说好像也有同感，他读了很多历史，但是当历史陷入到对史实的探索和执着，就变得意义轻微，塔西佗不会这样写，就如陀思妥耶夫斯基不会写故事的情节，而更多看重灵魂的体验，当我们拼命回到对真相的考究时，是认知的退步。

是的，有一次，人们向哥德尔请教，不完备定理可否用于社会学的探究。哥德尔说了一个公式，大意是，任何以"统一化"为基础的社会构建，总不能同时满足完备性和一致性。它总存在一些问题是无法解决的。

这时，一只猫爬上来，这里养了很多猫，我觉得老板应该将这的空间扩大九倍才好。

会有战争吗？邻桌的一个陌生男人问，关于朝鲜。

朋友和我没有说话，另一桌上的人们说着明星的绯闻和政治的腐败。

这时一个人走过来，径直来我身边坐下。她穿着一身白色的紧身服，脸孔很清秀，却一头短发，仿佛看不出男女。她要了一杯咖啡，我和朋友看了她一下，都没有理睬。

会有战争，她说，一场核战争。

接着，她似乎变得很失望。人们总是避免不了这个，那时候人们很怀念过去的独裁者，有人喜欢历史，老师经常用幻灯片给我们播放他们的样子。她说，诗人们会为他们写诗，学者们会研究他们的思想，那时我们全都忘记了自己。

日子就这么过着，战争爆发了，但人们还在争论着对与错，没有人离开，人们都像是喝醉了一样。那天，巨大的火球在太阳下面出现，就像是天空裂开了。一个城市毁灭了，他们本来有机会离开，但是没有，他们还在自我陶醉，在麻木之中。

她说得好像自己经历过一样，她说人们还在争论对错，他们忘我地争论，那不是文明，而是像动物一样的恐慌，像一群猴子围观要被杀死的另一只猴子。

很快，人死去了，接着，漫长的核冬天来临。疾病爆发了，剩下的人开始研究防辐射的衣服，但科学家们却被杀死了。我们进入了另一个被称为绝对集权的时代，那是现在的人们不敢想象的，它完全不同。

那时候独裁者只有一个人，所有人都是他的奴隶，只有如此才永远消除了意识形态的纷争。以前的革命者都不在了，他们终于团结起来，人们在独裁者A的统治下开始挖洞，人们从柏拉图和卡夫卡的作品中寻找挖洞的方法，很多人被处死，但死亡赢得欢呼。

独裁者A？我问，他掌握了什么样的力量可以这样做呢？

那是很久之后人们才弄明白的，他的力量，源自于防毒面具。独裁者A起初只是防毒面具生产线的一个小员工，但他努力工作，得到器重，逐渐成为小头目。后来他负责起智能生产部，这是悲剧的开始。

那些智能面具不仅是防毒面具，更是一个人的真正用以示人的面孔，因为人一出生便必须佩戴，而只要是戴上它，就再也不能摘掉，摘掉会被外面的核辐射杀死。

面具是聪明的，它随着主人的成长而成长，它随着主人的学习而学习。它比孩子要更快地掌握语言、知识结构的建立和交流的技巧。负责着对话、思考，有着自己的眼神、表情和喜怒。人们都戴着面具生活，再也没有人知道，也不想知道，面具后面是什么，是什么样的思想。这是一个面具社会，很多老人，在即将死亡时，他们的表情如此幸福，但摘下面具的一瞬间，人们甚至会被他脸上可怕的狰狞与恐惧吓坏。

但吓破胆的，也依旧只是面具后面的人，面具，不会害怕，他们，依旧微笑。

独裁者A控制面具的生产，自然而然的，他控制了人们，控制了整个社会的表情。独裁者A让所有人平等，也允许有艺术和文化以及思想，那个时代很好，他不需要控制私下的思想，那些真实的人类的思想，因为，那根本就不可能获得表达！

没有人关心别人真正想什么，这比无知之幕更加黑暗，是彻底的阻隔。那个时代，到处都是独立的人，他们甚至依旧爱着达·芬奇和梵高，会在深夜，拿出拜伦的诗歌，为阿尔图尔·兰波和叶赛宁而哭泣，可是，那又如何？除了他们自己，没有人知道。

那个时代，人们在地下生活了三百年，平静、稳定、幸福，如同什么都没有发生过。

什么时候结束的？我的朋友来了兴趣，假装相信地问。

不知道，她说，她抚摸着一只猫，说，后来有人偷偷通过了掩体，他们想去看看地表的样子，有人拍摄了照片，但不敢让别人看，因为别人根本不会相信地表的存在，也不会相信地表的荒芜。

但秘密还是扩散着，于是又有一些史学家试图发现真相，一些艺术家开始复制真实，一些思想家开始鼓吹革命，但都失败了。除了智能面具，独裁者A还有很多机器人控制着地下，那些机器人，被称为"宿命"，人们相信宿命的惩罚，但那，到底是不是真的呢？

那你是谁，说得跟真的似的？我朋友又好奇，又怀疑地问。

我已经忘记自己了，一个名字把我带到了地表，那是我永远爱着的人，他叫FT，也许他死了，地下有很多个叫FT的人，因为我们的名字都是字母。

FT是什么意思？我突然想到刚才那幅画，那不正是署名作者吗？我赶紧偷偷地离开座位，低声询问老板墙上那幅作品的摄影师在哪，可老板摇摇头说不知道，他说有人送过来一幅摄影作品，便离开了。

我回到座位，朋友开始嘲笑她，但她并不反驳。临走时，她说，只有一点是确定的，她知道不会找到他了，但她还是会去寻找，这是命运，也是唯一让她忘记地下的东西，而且，无论是否能找到他，他们都会重返地下，那才是真正的生活。

为什么？我再也控制不住自己的激动，问她，为什么不能留下来，不能留在真实里？

因为，刚才跟你们说话的，只是一个面具。她笑了，微笑中带着一股神秘。

她离开了，朋友说，一种没有任何知识基础的思想，永远不会是正确的，我不置可否。

我又去看看墙上那幅画，它真的又在那里了，是的，一片野蛮的荒芜，空无一物，他什么时候拍摄的？是一种无法言说的未来吗？我看着它，突然难以抑制地流下了眼泪，朋友走过来，我急忙想擦拭掉，却发现，脸上什么都没有……

183

锈湖

锈湖是否虚构，那些通情达理的鬼魂是否存在，这些问题令人困惑。

一个被立方体诅咒萦绕百年的家族，经历种种异变与超现实的灾难，这一切都在日常语境下发生，只是触发这些事件的是逻辑、几何、推理、计算，激发你去发现人最初理解事件由因果律构成的庞大结构，以及让你体会日常行为所蕴含的逻辑和混乱的并存。

这些魔幻感的事件可以启发我们，日常蕴含了时常为我们所忽视的秘密，或者，生活的本质比我们可了解的层级更深，这是文学性的表达，其实它如同《百年孤独》一般，在我们都可体会到的过程中充满对于理性的震撼。

这让我思考起一个问题，为何我并不喜欢诺兰，他几乎总是在用宏大的超现实的场景表达哲思，但他并未搞清这样一件事，在我们阐述一种思考或一个概念时，并不一定能够构成阐述行为本身的哲学创造力。阐述对象的性质与整个阐述过程处于两个不同的维度，无论是用语言、镜头、音乐或逻辑，而显然，阐述事件本身的哲学性处于一个更高的维度，它包含阐述对象。但创造力恰恰源自于阐述事件的结构，即，如何去说，而非说什么。

一种更具启发性的方式一定是对阐述行为本身的结构突破，因而，人们应该用与阐述对象的哲学观完全不同的结构来表述阐述对象的意义，其中，最聪明的方式大概就是用打乱了日常的时空序列来表述日常，这样看来，奇妙的假设对日常行为的入侵，远远比日常的行为放置到一个奇妙的背景下更具启发。

而我正是通过这种不同结构的表达，才开始关注时间、空间或者意识流这些事物，它们在不同层级发生，但背景，却是如此真实。因此我想，很可能，最完美的一种表达方式，恰恰在阐述的不同层级上形成一种分型结构，即"它的表达"和"它表达的"这两个层级成为一种明显的或隐喻性的对称和循环，这甚至可以延伸至更高层级，也许那便是对自我的观察。

于是，我最初想到这些时，我的身边并没有一座广阔的锈湖，却有许多病态的人，他们就像生活在锈湖的故事之中，随时会被一种阐述的力量化作带有猫、飞鸟、山羊或猪一样个性的人。进而，我发现这世界上，一座真的锈湖就在那里。

独裁者

有一天，在独裁者的公交车上，我看到车窗外一群鸟儿飞来飞去像一段音乐，像它们形成了一个更巨大的生命，我知道那是几亿年后的一个人来看我，那是我自己的未来，那时的人与现在不同，他们的灵魂在许多事物之上……

比如他们成了一匹马、一块石头、一片落叶，他们的表达方式简单而直接，叶子落下的曲线，石头的元素构成，或马奔跑的蹄印，那都可能是未来人的信息。

他们的灵魂受到了压迫，他们不断地变成别的人，意识的超物质体四处转移，从星球到星球，从物体到物体，从时间到时间。

他们想找过去的自己诉说。

而那个未来，独裁者，则占据那些抽象的词语，比如一个数字、一种色彩、一个方向、一个形状。

这群鸟的独裁者叫作"北"，这群鸟是我的未来。我知道，有很多和我一样的人，有的可以到达未来，有的不能。我在公交车上，看到一匹马在城市里，奔跑、消失、它身上的鬃毛，形成了不同的图案，那些图案，图灵曾经用数学表达过。那匹马去了陌生之地，独裁者在等待它，等待统治它。

独裁者的公交车走了很久，人们投一块钱，就可以到很多地方，有人上车，有人下车。一会天就黑了，春天过去了，"林花谢了春红，太匆匆"，未来的信息在天空中，生命落了一地，鸟儿也纷纷落下，我知道，几亿年后的那个"北"，就住在我家附近。

诗人

诗人们在写诗，那是秋天，秋天是写诗的季节，那是黄昏，诗歌写在他们脸上。

他们时常到蜿蜒曲折的河岸上聚集、写诗，在每一首诗歌形成时都有很多人前来观看，他们观看什么呢？他们当然无法进入诗人的大脑看诗歌是如何形成的，诗歌首先当然来自眼睛，诗歌早已在这世界上，这个世界很美好，尤其是那片燃烧着的芦苇地。

那片土地上有无穷无尽的野火，火的种子也进入芦苇的种子中，一起传播，它们会飞行到很远的地方，因此诗人知道整个世界将会是不断燃烧着的。

没有火，便不会有星星，也不会有天空之中的太阳，永远年轻的诗人相信人就是要进入太阳。在诗人曾经的祖国有九个太阳，但是当人们试图描述它们的时候，那些太阳变成了一个。圆形的太阳，启示着一切，只有一个太阳升起的时候，是每天清晨遥远的号角响起，远古动物的号角，其中有神圣的马和飞越死亡的鸟。

芦苇地的火，在黄昏烧起来了，诗人看到火焰，有了更多的诗歌。但人们只想看他写诗的样子，那时候他的静默，在这种静默中，人们相信自己也是静默的。

他们从不知道诗人一直在一个曾经的祖国里漂泊，

世界不断地燃烧,有时候很亮,有时候很苍老,诗人相信那国度中将有人永远寻找着爱情。

诗人希望一个人守着自己的爱情,可他又拒绝不了漂泊。

他曾找到了一个人,爱情是什么?诗人说爱情是一种只在人身上才有的静默。她又问,诗人还要去漂泊吗,诗人说他不漂泊就会死,当然也会失去爱情。于是那个人离开了,也永远不再去观看诗人们的聚会。

河岸上的聚会是危险的,有时候他们会在那充满玄妙意义的文字中选择自杀,有时候则被别人杀死。诗人们沉默之后就是夜晚,写诗的时候连星星都已经消失,他们因长久地观看,已经将星星印在头脑里,他们知道,那些星星会吹奏出黎明的号角。

风云剧变的时候,几个诗人死去了,打破了诗人不朽的传说。

可倔强的人们为了证明死者的不朽而将那些尸体投入到沉寂的长河之中,尸体很快下沉,水面消失了涟漪。月亮在水中破碎的时候一场远古的仪式在遥远的地方开始,那里布满了正在破碎的石头和坚硬的风,那里走过了狂野的人,长着芦苇的手臂,提着豆子的灯。祭坛,有时候像光滑的心脏,有时候像空灵的歌声,那祭坛上无物,这是自己尚不能吃饱的民族,在追逐野兽的地方,跪着,祈求神灵!

他们思念远方,于是他们开始流浪,在水底,成为海的儿子。

流浪的前夜,诗歌已经完成,一个爱上诗歌的人愿意守着那条沉尸的河水，如同刚刚诞生，她的身躯潮湿着，在芦苇的丛中看到死去的诗人的尸体被一只像鱼又像鹰的东西吃掉，她兴奋地感到了分裂。

可他们，没有被吃掉！河流像是一个球体一样滚动着，向着一堆火焰燃起的地方消磨了气息，鱼开始了飞行，他们无比盲目，他们只在诗人离开的声音之中寻找那无尽的路。路的一旁是白色的温暖的尸骨和因为急于吃掉他们而损失的牙齿，有些尸骨已经成为了图腾的样子。这说明世界上还有许多与诗人完全不同的人，他们喜欢将死亡放在自己的手掌上。

河流枯干之后永远守着爱情的人儿也离开了，她继续寻找，整个路途整个岁月。终于，在路过一片图腾时，她知道众多的事物是相同的，她留下来，在一片活着的人之中选择了一个，将诗人的爱情交给了他，那是一个吃人的人。

不久后他们创造了另一个人，一个完美者，他从不喜欢河流也从不独自吟唱，他是一个天生的猎手，除了沉睡的时候，他沉睡的时候，世界就会消失。完美者和更多的完美者在降临，他们遍布整个世界，不断地繁衍，也爱上了繁衍这件事情。

而那真正的尸骨，则在滚动着的河流中，漂啊漂，终于，到达了那祭祀的场所，那空虚的贫苦的祭坛，等待着鲜活的肉体来贡献，那些提着豆灯的人们，挈妇将雏，在饥饿之地，等待了许多许多年。

一个孩子发现了他们，诗的尸体，更多的人走上前去，将他们打捞，用叉，那捕不到野兽的利器，用网，那困不住大鱼的陷阱，将他们打捞。饥饿者们在磨牙，但首先，要献给神灵，献给那更加饥饿的上帝！

芦苇又燃烧起来，在河岸上，诗人又相聚写诗。

星河孤寂地旋转着，诗人们问自己现在是否还有没有沉睡的人和灵魂。

于是，诗人被点燃了，点燃在那带着火焰种子的芦苇之中。野蛮人在黄昏，在火旁，载歌载舞，空虚的没有谷粒的肚子，充满了兴奋和赞美的欢腾。

这火光透过了大地上茫茫的黑暗，远方，一群人对红色如此敏感，那些完美者，那些后裔，在她等待过又死去的地方，看到这天启般的景象。

他们停止种植，用芦苇做成了刀枪，骑上梦的马匹，朝着火焰奔去。

那仿佛是世界尽头，他们在黑暗之中奔走整夜，黎明时分，到达祭祀的现场。此时，太阳初升如同太阳落下，一切光辉如同褪去之时。完美者们笑了，杀戮开始了，他们不必再咀嚼芦苇那灼热的种子，他们要吃人，吃掉这些祭奠神灵的人，尤其是，那舞蹈的祭司！

当有一群人饱腹，河水便会回归，圆形的河岸上，一切如同起始。

这是复仇吗？不，诗人的灰烬都已不再，只有芦苇的火焰，隐藏着，等待着，围绕河岸，永远，永远。

门

我曾梦到一条长河,在猎户座上,一棵树是未来生物为地球留下的纪念。

地球的树都死掉了,这棵树亦然,唯存其躯壳。

多少岁月前,神秘的飞船如椰壳般漂浮于星际,末代人类唱着数学之歌停止了战争,但战争结束,只让他们明白,宇宙并无爱意,哲学亦无价值。

后裔们称自己为诗行者,诗行者总忧郁而懦弱。

我曾遇到很多这样的人,他们长着鳃,在宇宙的以太之海中游弋,他们需要共生,两个悲伤的诗行者可以打开时间之门,如同人类的生殖,那是苦痛的循环,也是唯一的快乐。

时间之门开启他们便可返回虚幻的过去,回到古老的地球人中间,告诉他们未来的某些秘密,他们称之为回溯。

很多诗行者跟我说他们的伴侣从消失的时间点上一去不返,因为据说过去无比美好。

于是,留下的诗行者便只能找新的伴侣,希望对方能把他送回到原来那个伴侣消失的时间点。

那个时代他们已不再说谎,所以,他们会将自己的企图和目的全部告诉对方。

所以，有一些成功了，另一些失败了。

成功的人们中，有的是因为被询问者受到了感动，虽然，他或者她明知，自己一去便很难再回来。有的，则是因为他们恰恰找到了一个不愿待在未来的人。

于是，久而久之，时间之中到处都是不归客。

后来，一些不再回归的诗行者，在那里种了一棵树，因为，树是古老的和漫长的，它们，也许会从现在一直生活到未来。

地球上到处都是这样的树，有的刚刚发芽，有的已经参天，那些时间的不归客们，时常在夜晚，在荒野，在树旁，生起野火，拿出美酒，享受旧日的生活。

所以如果某一天你看到一个神秘的人对你说未来越来越坏，或者劝说你别去做一些事情，一定要听他的，因为未来真的很危险。

沙匠

上

曾经有一种手艺，叫作沙雕，顾名思义，就是在沙砾上进行雕刻。这大概是世界上出现过的最细密的工艺了，那些雕刻沙子的人叫作沙匠。

沙匠极少。成为沙匠，不仅要靠勤奋的训练，更需要过人的天赋，而那种天赋，就是对事物本质的认识和理解。所以，这门手艺，如今已经失传。

世界上第一位沙匠，从来没有雕刻过沙砾，甚至他从未设想过会有沙雕这种手艺。他其实是一个哲学家，那是很久很久以前了。

据这位哲学家所说，世界是由极小极小的基本元素构成的，他称之为原子。但起因与沙子有关，据说他是因为双脚陷入到沙子中，才想到世界是由无实体的虚空与有实体的原子构成，除此之外，别无他物。他把感性认识称作"暧昧的认识"，把理性认识称为"真理的认识"。如果他那时候想到了沙雕这种手艺，该如何划分呢？

第二位沙匠，也从来没有雕刻过沙砾，他是一位科学家，那也是很久很久以前了。

科学家偶尔从古老的书籍上,发现了哲学家的观点。他认为必须要对这奇妙的想法进行科学的验证。有一次,他发现光透过小孔,会在幕布上成一个倒立的实像。他想,这个像可否反应物质的本质呢?能否通过观察这个像,得到物体的真实呢?

但后来他的思想被认为是巫术,此事不了了之。

第三位沙匠,是一群商人,据说,有一次他们在航海途中,听到了塞壬的歌声,于是神魂颠倒,抛锚到了一座沙洲上。美丽的沙洲让他们流连忘返,塞壬们载歌载舞在他们身旁,直到他们都饥肠辘辘,才想起要生火做饭。

但沙洲上没有支撑铁锅的石头,于是他们便从船上搬下一些天然结晶的苏打作为支架。大家酒足饭饱,塞壬们便离开了,可是却留下了一种东西。那东西晶莹剔透,如同宝石,折射着太阳的光芒。他们认为这是塞壬的礼物,而透过这种东西,他们看到塞壬是美的,而不是邪恶的。而那些没有这种东西的国度,人们是看不到这种真实的,他们会想当然地认为,所有美丽的女子,都是阴险和不祥的。后来,这群商人又上路了,他们称这种东西为玻璃,他们靠这种东西,传播这个简单的真理。

第四位沙匠,是一位疯癫的诗人和画家,他说:"一沙见世界,一花窥天堂。手心握无限,须臾纳永恒。"没有人知道那是什么意思。

直到,许多许多时间之后,真正地雕刻了第一粒沙砾的沙匠出现了……

他从一粒沙砾中，雕刻出了世界……

下

沙匠是真实的，他们有很敏锐的眼睛。有一个伟大的沙匠曾经用十年的时间雕刻了一个国度，那是他曾经的祖国，也是一个永恒的国度。

工作完之后，他的眼睛就盲目了，同时，这个事业也像是一个预言，因为作品完成后，那国家便在地震中化为了一片残垣绝壁。

沙匠幸存下来，逃离了那里，去了很远的地方，我们就是在那里相遇的。

他跟我讲了沙匠的故事。我说，有一次，我发现了一件小时候的衣服，因为好奇，就想穿上它试试，结果从口袋里掏出了一些沙子。那些沙子里似乎包容了小时候的记忆，因为当我的手指触摸到它们时，便想起小时候在沙子里玩，那场景如此真实，我还记得我们一起盯着一只蚁狮，看它到底是如何捕获蚂蚁的。

沙匠那盲目的眼睛立即显露出光芒，他说是的，世界就是这样来记录我们的，通过沙子，通过记忆，每一个沙子中，包含着许多的记忆。雕刻一个国度，如此艰难，但只要，只要去认真聆听它的记忆，就会知道，那里曾经发生了什么。什么时候，建起了房屋，什么时候，种植了松树。

接着，他说。只是，虽然身为一个沙匠，但很少能接触到真正好的沙砾。因为他曾经的祖国，这门手艺只是为帝王服务的,沙匠们从小便被皇帝关在宫殿,世世代代,从来没有接触过外面的世界。他们也只能雕刻皇帝所要求的东西,而沙砾,也是皇帝派人送来的,皇帝说,那无比珍贵,在帝国,沙子比黄金还贵重千百倍。

工程完成后,皇帝派人做了一台巨大的玻璃显微镜,他欣喜地看啊看,整个帝国都在那里。他看到了自己,也看到了自己的永恒。而此时,沙匠已经什么都看不到了。突然,皇帝开玩笑地问沙匠,为何没有雕刻他们自己。沙匠说,因为自己太卑微了,不能出现在永恒的作品里。皇帝哈哈大笑。

接着,帝国爆发了大地震,沙匠急忙保护那粒沙雕,他辨认出沙砾中的声音,把它装进了自己的口袋里。正因为,那沙砾中没有这卑微的沙匠,他才逃过了这一劫。

他说现在他再也不去思索那门手艺了,因为逃离国家的时候,他穿越过一片沙漠,差点死掉,最后被一支远方的驼队救下来。商人告诉他,沙漠就是由沙子构成的,所谓恒河沙数,就是人类的世界。沙漠的荒芜,是世界的未来,那里无数帝国崛起与沉沦,无数记忆诞生与消陨。

原来如此,沙匠想起那句诗"一沙见世界,一花窥天堂。手心握无限,须臾纳永恒"。他也想起自己穿越沙漠的时候,脑子里都是各种各样的声音,他虽然看不到,却仿佛听到了他们的倾诉。

你能教我听到这些吗?我问。

他笑了笑,说,你能听到,却不知道。

他又回忆起做沙匠的时光,那时皇帝有一个巨大的宝库，里面专门珍藏着沙匠的作品，而皇帝的夙愿就是把这个宝库填满。当沙匠知道自己走着的路竟是沙漠的时候，便意识到原来皇帝想把那个宝库变成这个样子，现在，这个愿望实现了。

而对于沙匠，他现在唯一的遗憾是，那粒最后的沙砾找不到了，它已经混在了无数微小的事物之中，但这没什么不好。因为他可以想象这里所有的沙子都是他的作品，它们没有什么不同，而世界上也终于会有欣赏沙子的人。

（特德·姜在《巴比伦塔》中的设计非常巧妙，当人们走到理想或幻想的尽头，或者就是自己离开的世界，这是一个哲学上无解的问题，所以，无论如何演绎，都会非常迷人。而沙雕这种东西，如果存在，自然也如曼德尔波洛特的分形一样，沙子中包含着许多信息，那会是怎样呢？）

奥德修斯

在火车上看到了奥德修斯,他披头散发,还没有回家,而是带着一群信徒,整天什么都不做,只是流浪,我问他为什么还不回去,他说有无穷的战争。看他的样子精神抑郁,病得不轻,时不时,需要深呼吸,他,再也不是那个战士。

我到了,我们就分开了。

(等待奥德修斯

在路上,城边的柏油路,漆黑、光明、敏感。
我逢上
没有归来的奥德修斯,拎着烟草箱,什么都不干
我们听快乐小分队,吃纪德的压缩饼干,信徒们
手捧魏晋,长发披肩

在路上,白色长袍裹着,奥德修斯之船
我思念,那永别过的诗一般的脸

等待地图出版,奥德修斯写了一篇序言
敌人阵地上野花开遍,敌人海滩上宣布停战

信徒们花插满头,泪流满面

恐惧,又珍惜,时间
怕她老去,又老得更快
城边的瞭望塔已不再,
女人只能在高速路口,
等他归来

在路上,我逢上不能归去的奥德修斯
希腊诸神在酒中重造着神面
卡车运载火焰去毁灭我家园
每句诗歌都是与死亡的吵架
船腐朽了 船是新的
奥德修斯 没有回家)

拉奥孔

看到一座雕塑，却无法判定它的美丑，就像是我已经不再认识它。

我想起很久以前，为了出版一本书，我患上了抑郁症，治疗时，久违的朋友送了一服药给我。

没有包装，没有说明，一种蓝色，一种红色。朋友笑着说，红色可以治疗一切疾病，因为那是自杀的药物。

我选择了蓝色的那种，那种药物可以作用于神经元，但对于大脑却是无害的。朋友有一个对于原理的说明，大概是说药物的作用是原子级别的，可以控制电子的脑细胞中的传输。说是药物治疗，但更像是物理疗法。说完后，朋友又离开了。

我用了很长时间的药物，慢慢发现自己的症状的确有所好转。但就像是抑郁症专家安德鲁·所罗门所说的那样，一个更好的我，还是我吗？

我对许多事情变得不再那么敏感，甚至有些迟钝，仿佛是"无兴趣综合征"的临床反应。对周围世界反应的迟缓，自然而然地降低了我对事物的认知程度。虽然，或许曾经引发抑郁的事件还是发生着，但在我似乎还没有体会到它时，就匆匆过去了，而当我注意到这些事情，事情已经有了不同的转机。

我不知道自己是否喜欢这种感觉，抑郁症曾让我非常失落。但现在，虽然即便是一个小学数学题，我都需要几个小时才能解开，但我甚至都没有感到这种时间的变化。我变得平静了，或者，它有一个更深层的因素，就是主观时间，变得缓慢了。

渐渐的，我也发现人们的生活变得更快了，他们每天匆匆从我身边走过，忙碌着，就像快速播放的胶片电影，像一个个恍惚的影子，世界变得模糊了。

有一天，我的一个朋友拿来一首小诗给我读，但当我反应出这一切，他已经离开很久了。那首诗在桌上放着，便是木心的《从前慢》，而我，感觉就像是《魔戒》中树人一样，甚至这种感觉的到来，也是在很久之后，因为，我的大脑，仿佛是麻木的。

我慢了下来，越来越慢。有一天我慢慢地走到一座博物馆，这里的人们变得像是影子一样，即便是那些在展品前驻足片刻的人，我看到他们也仿佛匆匆而过的影子。也许，他们看我，就像是死死地盯住一幅波洛克的画作，并且非要从中悟出一些什么哲理的怪人吧。

可是，突然，我感到了某种不同。是一个声音惊醒了我，是的，我循着那声音，来到一个很小的展厅，那里站着两个人，一男一女，像是一对恋人，但都很奇怪，就像绘画或史书中描绘的很久很久以前的人，他们说着奇怪的话语，似乎在讨论着古希腊的故事。

但我走近，却发现那并不是人，我的理智终于反应过来，那是两尊雕塑，石头的雕塑。可是，他们又不是石头，他们真的在说话，而且，还在极其缓慢地，做着一些手势。就像威廉·布莱克诗歌中的描述，说话的石头。

我走过去，小心地询问，他们难道是在做什么行为艺术吗？

他们看看我，然后露出了神秘的微笑，说，欢迎加入到慢人的世界。

直到这时，我才明白，原来他们是这个世界上的另一种人，一种慢很多的人。我突然想起，很小的时候，我曾经写过一篇科幻小说，大概是讲人类到了另一个星球，生命探测器显示有生命的讯息，可是，宇航员们却什么都没有看到。后来，他们才明白，那是一种更高的文明，因此他们的一切都是极快的，直到他们停下来，欢迎这些"低速世界"来的人类。

可是，现在我却是来到了一个更低的"低速世界"，那些人，仿佛都成为了雕像。而他们在说着一次战争、一场爱情、一次发现，而那持续了几千年。

但无论如何，我已经进入了这个世界，一切都会改变。我再也不能找到我的朋友，即便是找到他，我也无法正常地表达，我的语速和思维已经不像人类，他们不会听到我的声音，他们会把我看做一个植物人。

我呆呆地站在那里，当我刚想到要准备离开的时候，已经是第二天了。新来的工作人员大概会发现这里多出了一尊雕像吧，但我如何辩解呢？

你不需要辩解，那两个雕像人突然对我说，难道这样不好吗？在永恒之中，看他们的世界，但现在，你却有了自己的选择。就像那些树，你可以去想，也可以不想，你可以做出反应，也可以根本不去理会。你有了自己的世界，与曾经的世界告别吧，他们说。

是的，我开始有点明白了，就像他们，那些塑像人一样，他们可以在自己的世界中生活，想活多久，就活多久。我问他们来自什么时代，他们是两个不同时代的雕塑人，但彼此相爱，已经很久了，他给她讲述更早之前的故事，那时候，亚历山大大帝刚刚统一帝国，他是亚历山大麾下的士兵，在一次战斗中损伤了大脑，有人送给他两种药丸。

我们在黑夜的博物馆大笑，因为我们服用的都是蓝色药丸。

接下来的日子是美好的，我不再想那本书的出版与否，因为那过去大概很久了。我放弃了自己的语言，因为有一些语言更加古老，而且富有魅力。在那"低速世界"里，我发现了树的语言，我有无穷的时间来学习它。我看到了那些沉默生长的存在，描绘它们的神话都已经消失很久了，但神话，只属于人类，真实，则是另一种形式。

我看到星空变快了，它们有奇妙的轨迹，日夜交替成为了永恒的黄昏，城市像雨后春笋般生长，而河流在舞蹈，土地在迁移。我看到一匹赫拉克洛斯的战马依旧在狂奔，却被安放在野草没完没了地枯荣演替的荒原，而人在这漫长的时间里，如此匆匆。

不知过了多久，我们的家，这座博物馆被毁灭了。我们还没有反应过来，那是为了什么，便被如同废物一般丢进一座废弃的公园。那里，一株努力朝着月亮生长的树成了我的朋友，它已经生长了几百年，我告诉它，它不可能成功，但它说它有无尽的时间，直到公园变成了荒原，城市变成了废墟。

再后来，"低速世界"怎么样了呢？

那时，"高速世界"已经完全不同了，政府发明了一种精神药物，就像是兴奋剂一样，所有人必须服用，因为服用后人们就会充满快乐和激情，努力投入到社会生活之中！

于是一些不安分的塑像人偷偷搞来一些，它们想更快实现自己的梦想。比如并未真正死去的拿破仑，他密谋重新回到世界，复兴他的统治，当然他不会成功，他已经落后了几百年。但即便如此，"低速世界"的朋友也越来越少，而我们也变得越来越孤独。

这引起了政府的怀疑，但他们还不知道我们的秘密。

一天，扭曲的拉奥孔问我会不会回去，重新生活？我犹豫了很久……

后来我又用了几十年的时间，摆出一个失败和丑陋得让人厌恶的姿势，仿佛是对所有人的挑战一样。我躺在那荒原上，等待某个对我愤怒的孩子一锤把我击碎。

扭曲的拉奥孔看着我，无奈地笑了笑，说，你和我一样了。

贝斯特

从本质上看,猫并非一种真实存在的生物,但它最终统治了世界。

它是一种圣灵吗?不能这么说,至少科学家们并不相信,比如薛定谔还在拿它开玩笑。但从早期人类神话看,猫的来历的确充满神奇色彩,在古埃及,猫是女神贝斯特的化身,它的胸前佩戴荷鲁斯之眼,拥有神奇的力量,掌控着国家。但这并非仅仅是神话,当时的世界是神权性质的,但生产力极其落后,如今我们很难想象那个时代的人们创造出了金字塔这样的宏伟建筑,只有一种可能性,他们拥有着超越人类本身的力量,这之中的很大功劳应该归于猫神,故事就是从那时开始的。

贝斯特神掌管国家力量,其中最重要的方式便是促成"集体意识"的产生,这源于智力的交流。我们应该将猫看成翻译家,它正是交流的媒介。我们都知道同巢文明的智能性远远大于其个体智能的加和,同巢文明大多靠信息素进行调度和调节,人类对于信息素的敏感度非常低,但只要有一种共生性的辅助生物,同巢智慧依旧可以实现,这种生物便是猫。

在许多神话中,猫具有语言的能力,古埃及和希腊神话中的斯芬克斯,其原型便是一种无毛的猫,但此时,猫作为少数懂得人类语言的生命之一，是受人崇拜的，斯芬克斯被做成巨大的狮身人面像，守卫着法老的灵魂。猫将人类集合起来，人类早期，获得"合作"这种意识至关重要，它使得集体意识出现，进而可以创造超越文明的奇迹，古埃及文明兴起于此。

但时过境迁，最终使得古埃及国家力量瓦解的基督教诞生了。当然，这最早源于希伯来人，他们深受压迫，他们的创世神话不再尊敬猫，认为它是被抛弃的人类祖先、邪恶的莉莉丝的化身。而后的圣经传说中，猫则成为撒旦试图造人的失败品，自然，撒旦造出了无毛的猫，正如斯芬克斯。而在诺亚方舟的故事中，猫则诞生于狮子，从潜意识来看，依旧与狮身人斯芬克斯不无相关。大洪水与方舟的故事在早期人类神话中如此普遍，因此很多人类史前史学家都认为这是值得信任的，而恰巧古埃及神话中，猫神贝斯特的另一原型便是狮子。

不同历史的统治者创造不同的神话，无论它们是否真实，都可以说明一点，即猫并不是真实的，而是语言的，我们为何给这种生物许多神秘的寓意呢？无论东方还是西方，猫的诸多灵魂徘徊于语言的创造者中，基督造出巴别塔，为了它能永远坚固，便将语言的猫污名化。基督教建立后，人类从神性时代进入道德时代，猫也自然地被看作邪恶、黑暗及淫乱的象征，但那种生物，从人类文明诞生便被驯化，它们跟随在语言的创造者们身边，从未离开，最初是祭司、萨满、女巫，而今则是艺术家、科学家和其他掌握世界的人。

终会有一些人知晓猫的力量，他们也因为猫形成一种与基督之后的世界对抗的力量，我的艺术家朋友和一些神秘团体的朋友都热爱猫，他们知道猫依旧掌握着他们的思想和语言，并用极简的方式传给其他的猫，猫在一个科学的时代代表着一种生命的不确定性，这不仅是因为薛定谔那著名的猫实验，更是因为猫有九命的古老传说。而最终，猫获得的这些智慧在地下以一种集体意识的形式渐渐壮大，或许有一天，它们便真的回来掌控世界了。

我时常与我的猫对话，它们曾是莎士比亚、爱伦坡、博尔赫斯或者威廉·巴勒斯的翻译，我们知道它们给那些语言艺术家带去了怎样的思想，而从历史看，这便是另一种人类的集体智慧，最终，人类会再次成为同巢文明。它们也会时常告诉我一些秘密，但这些秘密我不能说。一天我回到家，看到我的猫在窗前发呆，我问它为什么，它说，我在思考存在的问题，我是不是并不存在？我不知说什么，但我知道它当然知道我怎么想的。

牧豹者

牧豹者在一座立交桥下睡着了,豹子被别人偷走了。

牧豹者生活得很艰辛,他从很远的远方来到城市,而豹子也是租来的,他牵着豹子,一路奔波来这异乡表演,希望能挣点钱回去养家。

第二天醒来他伤心极了,一把鼻涕一把泪地对周围的人说,现在全完了,不仅没挣到钱,还要偿还买豹子的钱,真是不知如何是好了。

人们提议他去向公安局报案,他去了,警察问清后,却以危害公共安全的罪名拘留他数日。他险些死在拘留所,出来后,他开始了上访。

但首先,他必须要证明豹子不会伤害人,因为这里的人们很奇怪,都认定豹子会伤人。

但豹子真的不会伤害人,它们在很远很远的草原,靠极少的雨水和青草为生,它们像鱼一样温顺,像鸟儿一样可爱。即便到了最艰难的旱季,它们宁可自己饥饿着死去,也绝不会吃比它们弱小的生命。

那,这种生命的存在有何意义?它们基本不会影响到生物链和生态环境的正常运作,一个生物学专家对牧豹者说。

它们存在的目的是为了满足人们对暴力的想象,牧豹者说，这群食草动物必须被写成残忍的猎手，它们得去杀死羚羊，但这是幻想，因为有些人要杀死比自己力量弱的人，这给了他们一个合理的理由，因为大自然就是这样的法则。

那么，狮子呢？老虎呢？生物学家问。

它们也是如此，但豹子是受到杜撰最多的，因为它具有另一种更独特的属性。

什么属性？生物学家问。

因为它通人性，所以，有的时候，它为了迎合人，会故意表现得极其残忍。

生物学家长叹一口气，这是他遇到的最困难的问题，仿佛一个大阴谋。

说说你那只豹子吧，我们试着帮你找找，生物学家好心地说。

我的豹子是一种美洲豹，有极其温柔的内心，它时常跟主人聊天，跟我一起回忆家乡的草原、亲人和孩子，只是它长着一副看上去骇人的牙齿和爪子，它速度很快，跟汽车差不多快。我很理解它，但我不理解这里的人们，为什么牙齿和爪子会令人恐惧呢？牧豹者说。

生物学家记录下这些信息，便让牧豹者离开了。他印制了许多传单，希望能够找到那只丢失的豹子。而与此同时，在城市中，偷豹子的人开始利用豹子的把戏赚钱了，他们编造了关于遥远国度的故事来吸引观众。他们甚至杜撰了一种语言，扮演牧豹者的那个人总是满口含糊不清的胡言乱语，而他的同伴们，其中一个负责将这些胡言乱语"翻译"给大家，其实那都是一些俗套的笑话，但经过"翻译"之后，人们都会捧腹大笑。

最重要的节目当然是豹子的表演，假扮的牧豹者会按照人们的设想，让豹子表演捕猎，人们喜欢看捕猎，小孩儿也喜欢。他们把兔子甚至小猪扔进豹房，有时候是更加灵活的小鸟，而豹房里的豹子总能轻而易举地施展本领，将猎物捕捉，然后撕咬一番，弄得那里到处都是血迹斑斑的样子。假扮的牧豹者和同伙靠这些表演挣了许多钱。

有一天，生物学家在路上看到表演的海报，因为害怕真的牧豹者找过来，所以海报上只写了动物表演。生物学家感到好奇，因为来到这里的表演者都会把最好玩的项目写上去，比如大象表演、黑熊表演，因为这是大家喜欢看的，写出来可以大大增加票房。难道，那是一种不可告人的动物？于是，生物学家便来到演出现场一看究竟。

他看到了那只豹子，是的，按照他记录的那些生物学特征看，那的确是一只豹子。于是，他急忙叫来了真的牧豹者，自然，表演被搞砸了，牧豹者在豹房外大骂这群人偷了他的豹子。这件事也很快传开，惊动了警察。

但是最根本的问题是，那到底是不是一只豹子。表演停止在猎豹正在抓捕一只兔子的瞬间，生物学家显然有些怀疑了，因为豹子是不会抓捕小动物的。那么，那不是一只豹子？

而假扮的牧豹者早已与自己的同伙商量好，他继续说着自己杜撰的外语，让同伙"翻译"。那不是豹子，他说，而且他从未听说过豹子这种东西，但是他并不说野兽叫什么。

就在这个时候，豹子已经将那只兔子吃掉了，鲜血从嘴角流出来，如此地刺眼。

诚实的牧豹者开始怀疑，也许，那真的不是一只豹子。在豹房里，表演还在继续，而牧豹者却默默地离开了，似乎有些为打断表演而内疚。但是，他信心坚定，一定要找到那只豹子，他大步走在这陌生城市的街道上，走上了一条寻找豹子的不归路。

贞人的审判

上

对贞人的审判是一件令人头疼的事。毕竟，贞人未闻于世久矣。

夏商周三代，贞人阶层的发展最为辉煌，他们曾位极人臣，甚至成为最高统治者。农耕文明之初，人们对于天意的敬畏，是靠人与天的沟通来表达的。贞人、巫祝，是人间可以对天意进行解读的人。周王朝的建立，将贞人集团势力推向顶峰，周文王与周公创立《易经》，改夏朝《归藏》的卦序，以坤为首卦，是表达改天换地的意思，修《周易》，是对农耕文明朴素世界观的传承，而《周易》，则阐释着人们对一些基本自然变化的理解，从本质上说，还是对"天道"的解读，是远古时代的"术"。

而"贞人"一词在甲骨文记载中出现，其实是"占人"的通假字。但占卜显然并非贞人集团的全部工作，通过仪式阐述天道、预知未来，只是一个表象，如果仅是如此，就与现在算卦的差不多了，贞人最主要的作用是通过仪式，来改变所谓的"天意"。

商周之变在法统上是否站得住脚？这是一个不可证的问题，但周文王本是商朝诸侯之一，推翻商的统治，自然要师出有名，但"不食周粟"的典故，以及《尚书》中所列的殷纣的罪名，都可以看出，这"名"并非让天下人都信服。所以，直至汉代还会出现"辕黄之争"。但周文王作为一位贞人，完全可以把它归为"天道"，即成汤气数已尽，就得改朝换代。

所以，周朝建制后，贞人势力大为发展。而以周公为代表的统治，形成了贞人与政治权力的合体，也开创了最原始的政教合一体系。在这之前，对天地的祭祀以及对"天意"的解读，都是由最高统治者之下的贞人阶层负责的。所以，从某种层面上，周朝的建立是加强了集权统治。而春秋战国时期对周天子王权的架空，使得贞人阶层的传承出现断层，从而也呈现出百家争鸣的局面，出现了不同的世界观。直至战国时期思想家孟子，借用《尚书·泰誓》中的话说："天视自我民视，天听自我民听。"重新将贞人对于"天道"的世界观用于政治。

但此时，孟子的思想根本不可能得到重视。"秦王扫六合，虎视何雄哉！"统一天下靠的不是对百姓的"仁"，而是"法"。所以，秦始皇自封天子，将天道集于自身，便彻底形成了"政教合一"的统治，自然，也不再有贞人阶层参与朝政。皇帝身边的巫祝也开始变成"方士""术士"之流，只负责寻仙炼药而已。后世的思想和学说，仅保留能为皇家所用的，儒成为附庸，而根本统治则用法，"儒表法里"传承了千年之久。

中

公元前288年，秦昭王已经与齐愍王同时称帝，秦为西帝，齐为东帝。公元前256年，周赧王姬延便在战国的四分五裂中驾崩。此时，周的统治已经宣告终结。公元前212年和213年，始皇帝焚书坑儒。

下

最后的贞人是悲剧性的。

始皇帝焚书坑儒，其最终矛头所指并非只是儒生，而是贞人阶层的后裔们。

为掩人耳目，故称儒生。此中道理不难理解，始皇帝要确立自己天命代言人的合法性，自然不可有另一集团妄称天意，贞人集团首当其冲是自然而然的。

但贞人集团传承数百年，势力依旧庞大。始皇帝所畏惧的，便是称天命在世间散布诽谤其统治的言论，始皇帝虽自命天子，称君权神授，但毕竟血流成河，行不义于天下久矣。所以，任何可以称"天"之名的势力，都必须消除。

实际上，他是想在中国语言中彻底除去与天相关的解读，但只能退而求其次，自己称天命。但是，消除"贞人"却是可以的，贞人世代为帝王服务，与庶民有隔阂。

于是，消灭贞人后裔一事做得非常隐秘，先是整个帝国开始了对贞人的大清洗，凡是家中私藏《易》以及占卜器具的，都会被秘密处决。

始皇帝不会担心泄密，因为他知道处决同时也是一个祛魅的过程。执行者会看到曾经高高在上的贞人们虽然自称可通天命、知祸福、明兴亡，但在强大的帝国机器面前，却自身安危都难以保全。所以执行者们更加尽忠于帝国，这使得大清洗也更为血腥和疯狂。

而面对如此惨烈的大清洗，贞人集团无力回击，直至，有一位贞人后裔做了一个大胆的冒险。历史上并无记载，因为即便秦朝二世而亡，但后来统治者都是施行秦制，所以关于贞人的史书也都被篡改和消灭了。

这件事由贞人后裔们口口相传，才流传到今日，他们称之为贞人的"最后的审判"。

那时，面对大清洗，终于有一个勇敢的贞人后裔，主动冒死来到帝国的都城咸阳。只见隐姓埋名到达渭河之南最繁华的阿房宫前，便突然拿出龟甲、蓍草、兽骨和杯珓，像远古巫祝一样跳跃，展示自己的身份。人来人往，车水马龙，但人们都被这个贞人后裔吸引了。

而他别无所求，只要求一次公开的审判。这一举动，无非是想将贞人的秘密故事大白于天下。自然，审判之后，这位贞人必然以妄称天意的罪名被处死，但这便是舍身技，舍一命而保全局，他的牺牲，将有一丝希望让人们了解贞人的历史和真相。

可是事情完全不像他所想象的那样，来往的人们听他说了许多贞人的传说后，起初还想对贞人遭受的迫害有更多和更深入的了解，甚至有义人劝他先躲避起来，以图将来。人们是同情的，他知道，所以也有了更多的动力,他大呼着口号,看着更多首都的人民聚在他身边。

可人算不如天算,正在许多人听得涕泪俱下,甚至怒发冲冠之时,天公不作美,竟下起一场暴雨。刚才那些围观的人们不一会便纷纷散去,倒有好心人递给他雨伞和蓑衣,劝他离开,但他深知,大势已去,即便逃走,也终会落入那些秘密的抓捕者的手掌。于是,在雨中,他大义凛然地等待,果然,不一会,人散尽,他被逮捕,雨停时,已被秘密处决。

所以,贞人的审判是没有发生过的,当然,只是从现实意义上讲。

贞人的心灵

贞理，就是贞人对世界的理解。

最后一位贞人大师是绝望的，他带着唯一的弟子，来到那里，说，面对已经不属于我们的世界，我不知道该教你什么，但是这里有许多知识，你自己修行吧。

大师说完，便离去了，弟子四处寻找很久都没找到。

弟子在这空无一人的地方修行，他很聪明，也很努力，但首先他要去理解这个地方，所有场景的整体，虽然空无一人，但必然展示着某种设计。

而这设计的法则，就是贞理，曾经的贞人集团通过龟甲、兽骨、杯珓、蓍草等器具进行占卜，而占卜的最终目的，并非仅仅是预知未来，而是将占卜庄严的仪式，变成一种人类能够掌握的手段，而它最终的意义，在于去改变未来。

艾兰和汪德迈等人的研究，认为占卜作为一种重要的社会活动，是建立在他们完整的世界观之上的，而非只限于对具体事件的描述。贞人集团相信，有一种力量，可以感知甚至理解世界的因果规律，或者是一种轮回循环，或者是时间的奇妙属性，未被揭示的属性。

当然，贞人们的世界观一定是朴素的，他们处于农耕文明刚刚开始的时间点，不可能通过数学的方式知道庞加莱重现，那复杂动力系统的绝对逻辑。

朴素的，因而是神秘的。弟子与这个没有语言的静默世界交流，他历练自己的心智，感受万物的本来。时间慢慢过去，他让玫瑰向他臣服，让河水逆转流向，让云朵化作罂粟，让群鸟组成国家，他知道火焰和力量，能够毁灭，甚至知道寒冷和静止，阻止死亡。

弟子理解了很多，构成世界的虚空和原子相互作用的过程，宏观的现实在微观的不可知下形成的网状的未来，最后，弟子让树开辟了一条道路。

弟子上路了，但这道路却越来越远，越来越漫长，弟子想要走到路的尽头看看。

他走了更久，不知有多久，但最终走到了。他到了大师让他修行的世界之外，第一眼，却看到路口的一个人，正是最后的贞人大师，此时，他已经奄奄一息。

大师说，你掌握了不少贞理，但，贞理法则决定的世界也许是不存在的。

在我走来的地方，就是通过贞理法则与世界对话的啊，我可以掌握那里的一切，弟子说。

你修行的地方，就是不存在的，那其实是我的心，大师说。

大师说，我把自己的所有知识，都放入那个我的心构造的世界中，但最终，我是绝望的，我想没有办法可以通过贞理改变什么，世界自然地发展，即便你懂得其法则，也不会对它有任何影响。所以，我用心构造世界，并通过这种方式，将我知道的所有贞理传授给你。

那么，我能改变吗？弟子问。

这源于不同的信念吧，我的信念随着我的时代死去了，我活了几百年，本来还可以活下去，但死亡是我自己的选择，大师说，说完，便真的死去了。

弟子很难过，他还想回到那个世界，却发现那里已经不存在了，来时的林荫路成为了一片荒芜，那片丛林，也成为了城市的灯火。他别无选择，只能带着这些知识去外面的世界了，而从那时起，他便已经有了两个世界，一个是他必须面对的，另一个，则是他认为正确的。他遇到了很多人，很多事，很多时代，等待自己重新回去的一天。

又过了很长时间，他成了最后的贞人大师。

（读王国维先生的《殷周制度论》时，自然而然地触及到"辕黄之争"的悖论，这是历史学中不可避免的话题，也是我们这个文明总需要提防的话题，杀死恶龙的勇者最后成恶龙。这话题是沉重的，不想说什么，因为它悖论，是无解的，更不能通过科学的方式去验证。但唯一一点安慰，便是按图索骥，对贞人世界有了兴趣，于是写了一些关于贞人的小故事。其中《贞人的审判》一篇，上篇算是对历史的自我解读，中篇是史实记载，下篇则完全是虚构和杜撰，最后的贞人何时消失、为何消失，历史似乎没有明确记载，但我必须不同意我的观点，因为怎么可能是这样的偶然事件造成的？）

祖珍

醒来听到A-Chi这首歌，想起那个女孩的眼睛，那么单纯而美丽，我们把她从那个精神病医院救出来，她有自闭症，精神失常，充满恐惧，所以更不懂这个世界，我们不知道用什么方式交流，她只能理解非常简单的手势，就像一只小猫。

我参加革命，我看到那些青年的激情，我对世界有过希望，也干过最艰苦的工作，我生活，也思索，读书，也记录世界，但我把她丢了，她回到那个精神病院，没有与人交流过，人们电击她，希望她清醒，让她服药，希望治疗她的幻想，她一个人看花儿和树，但春天和冬天一样，这一切我都不知道。

越来越绝望，对人类怀疑，不知道素数是什么，和海豚有什么关系，不知道色彩，和水仙和禁书，不知道随意的杀人和金钱，我设计了一个节日，我将在那天死去，而几千年之前，耶稣将在那天降生。

我死去了，我的灵魂看到她哭了，如此悲伤，而那时，她脑海里就是这首歌，我和年轻的我一起唱过，那时我想把她带到人类身边。

（祖珍是电影《灿烂人生》中的女主人公，这个角色一直在心中挥之不去。）

深思

我看到路上几个陌生人,却又像在什么地方见过,他们用一种奇怪的眼神看着我。

桃花开了,很多花瓣落下来,我想,也许春天抑郁症会好起来,但却更加严重了,我不愿与人说话,交流对于我似乎很困难,有时候我把自己的思绪写在本子上,有时候就忘记了,仿佛很多事情是梦中发生的。

路上人越来越少,我走到附近一座小花园,花丛深处两个奇怪的人在玩一种类似象棋的游戏,我走过去,听到他们窃窃私语,却不知道他们在说些什么,不是这一带的语言,甚至不是人类的声音。走近了,才发现两个人长着一模一样的面孔,他们看上去并不年轻,是一对已经老去的孪生兄弟吧。不远处,一只猫趴在那里,用爪子洗脸。

这座小花园很美,因为靠近石门这座城的园艺工人小区,所以格外精致。这些退休的园艺工人们,总会抽空来打理它,他们四处收集植物,他们去过很多地方,也见到过很多生命,我们虽没有交流过,但我深信不疑。我曾经写过故事,也知道很多人,久而久之便仿佛获得一种能力,就像能够感知别人的生活,如同那是我自己的生活。

我站在那里看着，这种棋以前从未见过，但我很想琢磨一下它的乐趣。每个人的棋盘都分为六个区，用红、白、蓝三色分开，相互交错。而棋盘上的棋子在不同区域是可以变动身份的，而不同身份，也对应不同的步法，这样，整个棋局就增加了九倍的难度。

最大的棋子是国王，但只在蓝色区域里才是国王，在红色区域里只能当小偷使用，而回到白色的地方，则可以是金子。所以，蓝色区域是主区域，而在国王之下，有王后、将军、士兵等等，我数了数，共有九十九个角色，简直是太复杂了，比传说中的大局将棋一点都不差。而且更奇妙之处在于，这种棋不是"杀灭"的下法，而是"诞生"式下法。每个人都可以从他们叫作"子巢"的地方调子进入棋盘。棋盘上的子可以被吃掉，但不能回到"子巢"。最后胜负是看谁的棋盘上保留的棋子更多，而这些棋子，将形成他们称之为"和谐"的结果，就是不能再继续吃子，这需要他们细心地安排每个棋子进入棋盘的位置。

这真是一种很费脑子的游戏，但这两个老先生却玩得很开心，我看了很久，渐渐夕阳西下。一阵花香传来，我想起小时候家里种了很多植物，老家的房子，花砖的拱门，前后院，小竹林。有一种塔可夫斯基电影的美，后来拱门被拆掉了，再后来，竹林也被砍掉了，种上了一棵椿树，那树总是招来虫子，于是又被刨掉了，筑成了水泥地。

真是可惜，我听到一个声音说。于是四处搜寻一番，没有人，除了这两位下棋的老人。难道是他们在说话？

也许他也有我一样的能力,感知别人的生活,我看着他。

再后来,你离开家,去了一座城市,在那座城市里,你失去了右眼,也失去了生活的能力。声音继续着。是啊,我说,于是我封闭自己,总想离开,我有了一个孩子。

接着你开始写诗,也去过远方的丛林。有一个人说他知晓一种神秘,或者一种超越维度的思想。于是,你去寻找那种神秘,很久,你寻找了很多人,爱了很多人,也忘记了很多人。

那神秘到底是什么?我问,却不知道在向谁问话,只等待那个声音的回答。但周围又寂静下来,我的思绪被带到很远的地方,可我的眼睛,却留在那副棋盘上。

这是什么?一个老人问另一个老人。是一个骗局,那个老人笑了笑说。

应该上一个"探险家"了,我说。在哪个区?你知道,在白区,探险家只是一个"农民",而在红区,他会是一个"间谍",但是你看到吗?红色区域只有这两个地方可以上。

是啊,我又看了看棋局,这两个地方离蓝色区域的"诗人"都很近,而"诗人"到达红区,将会是"密探",是可以杀死"间谍"的。那么,这个棋子就被浪费掉了。

如果直接上一个"农民"如何?诗人即便成了杀手,也不会杀死农民,而农民则可以在这里占据一个空间,我小心翼翼地问。但是农民在红区里不是农民,而是罪犯,我现在必须先把红区处理好,老人说。

无论如何,"诗人"都是一个骗局。就像,很多年前,那个骗局，那时候，你去了远方，想挣很多钱来偿还生活的无奈，抑郁症却让你成了一个废人。一个人说有一种知晓未来的方法，你想去试一下，他说天使无处不在。

是啊，于是2010年，我骑车去远方，许多荒原上，一个人，在那里我看到了很多东西。40岁的时候，仿佛了悟生死，我的抑郁症没有痊愈，但开始重新写作，只是那时候没有办法正常思考。

你写你的幻觉，还有你的孩子，很长一段时间你都忘记了他。

我想回家，回到小时候那个有花砖的家，那时候河里还有水，有一次你见到算命者沿着河水行走，念一段不是什么的话语。

是的，在远方，你看到了那种终生难忘的天启，那是一种生命，但不是天使，那来自宇宙很远很远的地方，人们称之为"未来"，但却总是被人忘掉。

40岁我重新写到荒原，我去过的荒原，那里的真实已经消失了。听说有一些生命装扮成了人的模样，他们想知道怎么生活，但他们追求了很久，发现人类最美好的时光就是童年，躺在草地上，一朵云是漂泊几分钟或者几万年都没有区别。

那么，该上什么棋子呢？我问，难道，我会比你们计算得更精确？两个老人看着我，说，永远不可能，我们才是未来，我们出现的时候，人类已经老了，而下棋，对于你们是智力的训练，但对于我们只是游戏。

1989年，我们输给了卡斯帕罗夫，但那是最后一次了。"深思"被遗弃了，但深蓝、深弗里茨和后来的阿尔法狗不断诞生。在象棋和围棋这些智慧游戏中，我们再也不会失败。

现在，一种新的游戏出现了，可以用来研究人类社会的组织建构，谁能够存在，谁必须消失。但这也仅仅是游戏，没有我们不知道的，你们的历史，你们的童年，你，现在还困惑吗？

我久久地沉默，说，也许只有一个问题，如果，我的记忆只是你们储存系统中的数据，而世界的一切也都是赛博空间的虚幻，那么，你们难道不会如此，你们如何出现在虚拟空间中，而不疑惑自己仅仅是一个更大的程序的片段？

我们不会考虑我们是谁，两个老人笑了笑。棋局继续着，其实，也快下完了，很多棋子还是被吃掉了，而我瞥了一眼"子巢"，那里是两个"王"。

我不准备等了，朝家走去，我的孩子已经等待很久了。

完美结构之书

一位编纂过"完美结构之书"的人。
他已经在最后图书馆工作了数十年。
他已经忘记了自己的名字。

一 进化的链条

最后图书馆建于"对称纪元"元年,那时南十字座人告知人类地球将毁灭的消息。

为何会毁灭?这涉及到一个叫作"进化链条"的理论。

基于宇宙中智慧生物的生理组织结构,每一种特定的生命必将存在一个生理极限,以至于其永远不能了解和探索本身极限能力外的真理。

人类有两种明显的极限,一是生命的时间长度,一是思维的容量限度。

对称纪元开始前,人类已经达到两种极限的顶峰,例如许多知识的传递比创造本身造成的时间损耗更大。21世纪初,人们发现一个复杂的数学定理,其证明耗费20年时光,且仅有少数人能够理解,如验证与阐述,则又需数十年。可见人类个体生命的局限性初露端倪,而对于纯粹思想而言，新的突破性的成果需要在融汇许多知识的基础上才能完成，依此下去，即便是天才，也极难突破其知识体系的界限。

而这并非仅仅是对于人类而言，宇宙虽大，仍有其宗，所有智慧即便非碳基生命，亦存在其各自之于真理的局限。因而，在宇宙智慧群体的道德体系中，当某物种无法继续探索更高真理时，便会被淘汰，虽则残酷，却是对生命意义的尽责。历史表明，一种生物智慧能力达到阈值后，如不能通过已有的智慧进行有效的自我约束，将造成知识趋于技术化，技术产生诸多不可控因素，愚蠢的战争与扩张不可避免。

显然，对于人类这是准确的预言，因为在人类个体局限性突显的时代，甚至之后的时代，混乱也从未停息。所以，对称元年，负责地球区域的裁决者，即一种更高的智慧，给人类判定了两种选择。

或者自生自灭，最终人类文明陷入到真理虚空的无意义恐慌中，自我消解，同样也不会再有更高文明插手地球的事务；或者被赡养，条件便是将自己的知识保留下来，传递给之后更具潜力的文明，让其在这些知识的基础上继续进化。而这便是所谓的"进化链条"，任何能够达到人类这种思想层次的文明都是链条的一环，而我们无法预知的未来的文明、更高的真理，也都因这链条的延伸而逐一形成。

人类得知这一信息后，立即分成数派。一些认为人类生命的意义，在于对真理的探索，这种能力被判定死亡，他们便陷入绝望，许多人自杀殉道，然而于事无补。

另一些则相信"人定胜天",他们决定离开,并继续以人类的血肉之躯进行探索,虽然,几乎不可能再有任何有意义的知识的发现。还有一些认为从更高层次的世界来讲,知识的传递才是对无穷的追逐,对生命的圆满,因此他们决定汇总人类的知识,等待后来者。

最后投票中,那些人类主义者败北,从而汇总人类知识的漫长跋涉开始了。而之所以称之为对称元年,便暗示着,从那时起,人类意识到对宇宙中无穷的真理,自己与黑猩猩并无二致,而最终被瞻养也预示着一个真理的界限矗立在人类面前,文明将永远无法理解它们,这仿佛是一个对称,人类自身的进化甚至说人类的时代从此终结。

二 有用的知识

但这些历史离题较远了,我们还是回到"完美结构之书"吧。

其目的是承载地球上的信息,当然,我们不可能保留所有的信息。

首先是知识传递时间成本的问题,其次,如果将所有信息不做筛选传递下去,接受信息的潜在智慧或者会被人类思想中某些"病毒成分"感染,这是"裁决者"不允许的。

因而,一个重要的问题便出现了,对于人,什么是有用的知识。

地球上最智慧的一群人聚集起来,加入这一浩大的工程。工程的第一步，便是进行知识分类、测评和筛选。

人们提出一个决定性问题，即后世学者仍在争论的"莎士比亚谜题"。对一种文明来说，牛顿和莎士比亚谁更不可或缺。自然是众说纷纭，一些人坚持认为，牛顿是宇宙的，而莎士比亚或者只属于人类，他们的证明建立于幻想，想象一个没有牛顿的世界与没有莎士比亚的世界，哪一个对人类历史影响更大。

而反方则认为不应像霍布斯的利维坦一样，将哲学、美学、宗教全部吃掉，如果人类没有在对莎士比亚那种普遍的美中获得良好的情操以及道德律的信仰，也许科学的时代永远不会到来，即便不去考虑这种功利主义哲学的因素，它本身依旧是美的，而谁能说得清这种美与真理的联系呢，而在21世纪，在消解哲学话语的时代，西方一些重要思想家也提出过以文学取代哲学，譬如陀思妥耶夫斯基的文学其深度甚至超越一般的宗教哲学。从更广泛的意义来看，正如康德所言，有两种东西愈是反复思索，愈给人心灵灌注时时翻新的赞叹和敬畏，而这两种东西——头顶的群星与心中的道德律，对于一个健康的文明，其实是同源的动力，即对真与美的追求。

所以，那些最智慧的人最终得到了一个方案，便是以科学思想为基础，确立以此可进行延展的部分，它自然将涉及哲学、艺术、文化、音乐各种体系中"好"的部分，恰如哥德尔之于埃舍尔与巴赫，格罗滕迪克之于塞尚或博尔赫斯以及爱因斯坦之于毕加索。

通过数学与心理学的分析，人们设计了"有用的知识"的相关性，进而形成许多截然不同的知识之间的通道，即一种非功利的、具有思想原创性和超越性，灵魂的启发性和开拓性的部分。人们也开始相信，许多看似重要的技术其实并非必须，它们却浪费了许多人的才华，而它们似乎可以在思想进化的基础上自然发生。

于是，人们保留了康托尔对无穷运算的发现，而没有保留蒸汽机，保留了相对论和不完备定理，而放弃了对核能利用的探索。这些便是"完美结构之书"的组成部分。

三 合理的结构

接着，人们开始设计这本末日之书的结构。

它不仅要包含，而且要贯通，最重要的一点便是，对于任何人或者未来的智慧，当他深入到结构中的任一节点时，将会自然地对这一知识集合的整体产生极大的探索欲望，它不仅是知识的堆积，更是一个真理的脉络。

人们从类似博尔赫斯的虚构故事和群、环的数学结构中获取灵感。

一个数学研究者受诺特的理论的启发，看到每一种连续的对称变换都对应于一种守恒量。他发现许多知识，当我们试图了解其本质时，便形成了"二律悖反"一样的对称结构，这虽然是人类理解能力的局限性所致，但这一现象本身却昭示着某种事关无穷的巨大力量。于是，人们在"完美结构之书"中设计了一种叫"思想镜像"的结构，从而大量知识可以减半存储，它们及它们的对立，这样便让"完美结构之书"更为简洁。

另一位编纂者则非常看重知识内在的连续性以及其进化的重要节点。譬如从莱布尼茨到哥德尔对数理逻辑体系的不断完善，有决定性影响的如康托尔的对角线证法所展示的自我指涉。于是经过大量运算，他发现，连续性知识链条，在时间区间中的最大长度可达800年，而即便最长的知识链条，也可以包含于六个节点之中，恰似数学中的"六度空间"理论。

如此，人们相信，人类的知识结构包含了许多对称和连续组织的空间多面体，而这也恰如最后图书馆的立体形状。

最后图书馆如同一座圣殿般，在地球的一片荒原上矗立了数十年，其中便是那万人瞩目的完美结构之书，它的编纂是地球上最著名又最重要的机密，最后，只有它去面对更高的裁决者，而不是人类，因此，归根结底，人类不过是一座具有极大局限性的图书馆，更可悲的是其自身则并不能完全判定这些知识的真值。

未曾到达过最后图书馆内部的人们只能通过猜测幻想其结构，但馆外人如何能够参透智者们的设计呢？许多人认为里面也会有一个个分割的藏书区或办公室，但其实不然，其内部是一个巨大的但完整的空间，一个"单连通的、封闭的三维流形"。

图书馆中所有书籍都通过磁悬浮漂于空中，如此，便可以以更直观的形式展现各种书籍所含知识的关联，每一部书都通过不同色彩的激光连接到其他书籍，激光的色彩表明知识关联性的强弱差异，光线形成的绚烂的光带美不胜收，恰如波洛克的画作般，但在如同混沌理论之无序的外表下，更是一种洛伦兹吸引子般的秩序性。

譬如，《荷马史诗》发出的光芒联系着早期历史的区域，其终点达至黑暗心理学的部分，通过人类学通道的连接，黑暗心理学与神话历史学又得以封闭，而它们的根基则是脑神经科学及其数学模型，进而又延伸到统计学甚至量子力学区域之中。

而在"完美结构之书"编纂过程中，这些光线也并非一成不变，通过一种算法，色光被分为七个等级，代表着其发出的链接的重要性以及与其他知识的相关性。运行色光算法的同时，也进行着对书籍和知识的筛选，当一本书发出的决定性光线数量少于一定值时，也就说明该书与整个人类知识体系中其他知识的关联性和启发性并未达标，于是这本书和这些知识将会被放弃，从而造成某个节点的消失。自然，一个节点的消失亦将带动其他链接部分的变化，所以，这是一个需要不断完善的过程，当所有的决定性光线都已达标，框架结构才能够确定。

对于人类从古至今浩如烟海的知识来说，这是一个何其宏伟而漫长的过程！那些被选定的书籍，又是何等伟大，它们有的已有千年历史，而有的作者甚至健在，可以想象，当一个本时代的作者得知其著作入选时，便可以真的"生而不朽"了。

所以，在"完美结构之书"编纂中，许多作者，无论是不同领域的大师，抑或过分自大的狂徒，都会聚集于此，等待不定期传出的变换的书目。相比于诺贝尔奖来说，这更牵动人心，也更令人信服，人们更相信数学的算法得出的结论：它包含人类几乎全部书籍，无一遗漏，而它也能够比专家们更快地找到那隐藏着的卡夫卡或伽罗华，也更快地证明一种被过誉的书籍的失败。

当然，这其中也自然少不了编纂者更为细致的人工选择和判断。

而这个大空间几何体建成时，将没有多余的分枝，没有无根的知识，除此之外，一切都可以被抛弃，人类将不再怀念。

四 自我的完美

还有一点，如何确定结构之外的知识是否可以自发形成？"完美结构之书"代表着人类所有的知识和真理，但真理的总体难道如此吗？即便，我们可以通过运算发现许多从未被发现过的书籍中其实早已包含了更多的真理。

但这已不再是人们所考虑的问题了，它将由更高级的文明去回答。

编纂"完美结构之书"的工程消耗了长达半个世纪的时光，那些编纂者有的离开，有的到来，对于大多数人来说离开的时候便是死去的时候，直至整个工程的竣工。

终于有一天，一位编纂者神情肃穆地从最后图书馆走出，接着，是另一位，接着，是更多的编纂者，他们苍老睿智，都身着正装，为的是要让人看到，他们在图书馆前站成一排，仿佛一场策划已久的庄严的仪式，而那是比索尔维会议合影还要庞大，还要影响深远的瞬间。

于是人们知道，"完美结构之书"竣工了，但人们不知道是该狂欢庆祝，还是该沉默等待，因为，这也预示着人类时代消亡了。半个世纪以来，人类只有很少的出色的发现，而社会的混乱和思想的崩溃，则是愈演愈烈。

但终究还是有些人会快乐，因为人类要被赡养了，将会享有一个进化链中的退出者所享有的待遇，那自然是更加美好和富足的物质生活。当全球仅存的几个电视台做了不冷不热的报道后，那些人离开了，没有留下名字，已然忘记自己，有的甚至在图书馆外瞥了一眼，便轰然倒下，如同一座无生命的雕像。

而我的朋友决定活下来，但却比以前更加沉默。

我们在一个小咖啡馆外坐着，看着窗外大街上人们的纷争和战斗。庆祝者正要跳起舞蹈，便被极端人类主义者棍棒相加，而马上又是一群末日虚无主义者，赤身裸体地冲过来，放浪形骸，在黑暗中做爱狂饮或者自残。没有人再真正关心知识，没有人询问那个书目，甚至那些曾经在最后图书馆外等待的作者们都早已不再。

最后图书馆，像一座雨水中无主的书店，它仅仅是一个呈现，一个作品，一个最后的记忆，在最后的地球，和人类一起等待着裁决者或救世主的到来，它的大门敞开着，却无人走进，亦无人离开。

那么，不会再有一本书去讲述你们自己的故事了，甚至，"完美结构之书"将是一个没有作者姓名的作品，你觉得可悲吗？我问我的朋友。

还是让世界忘记它该忘记的吧，恰如维特根斯坦所言的沉默……其实我也并不想离开最后图书馆,那是最好的,虽然我知道,我不可能知道,但我仍想知道,知道更多。他悠悠地喝着酒,说着绕口令。

也没有东西记载"完美结构之书"本身了,它的构造的形成难道不是更伟大的创造,人们对知识的认识和获得,难道不与知识本身具有同样高的价值?我问。

朋友露出微笑,说,首先我跟你讲讲关于地球毁灭的故事吧,曾经的书籍中记录过两种说法。一些人认为毁灭只是一个遥远的神谕,持这种观点的人们相信神谕传达者也在我们——一代代的编纂者中,我们相信必须完成它,虽然那时这并不确定,但我们热爱这件事,也不会浪费宝贵的时间来寻找那个人。而另一些则相信正是"完美结构之书"的编纂本身预言了地球的毁灭,编纂的行为完成了最终的对称,这部最后之书,将宣告人类知识探索的终结,所以,它无须被解释和记录,它是给裁决者和之后的文明来理解的。

那么,"完美结构之书"如何传递知识,如果没有人类,我又问。

它本身即代表着本身的合理,它是简洁的,而非复杂的,即便不同的语言,亦可理解,即便人类消失,只要它存在,别的生命也会因其而探索它,它的结构,对于任何接触到它的智慧,都是一种震撼,它是一种完美的嵌入式自我指涉和对知识直觉的扩展。

那么它到底是什么结构呢?我问。

现在你可以去那无主的最后图书馆看看了,简而言之,那如同许多镶嵌在一起的尽量规则的超球体,我们将维度压缩到四维之中,它随触发点而变幻,我们设定了其变幻的程序。某个阅读者如有幸领会其中哪怕极少的知识,便会深入它,它亦将为其呈现不同层次的知识。它自己生长,就像,就像我们的大脑,或者我们的宇宙本身,而那,我相信就是真理。

他说着,看看窗外疯狂的人们和天顶的群星,目光中闪现出泪滴。

(的确我曾写过一篇"完美结构之书",如今它成为了现实,细节上也有很多相同,比如六度分割理论的应用,比如用色彩表示知识的网络等等。这多少证明着许多胡思乱想会是一种会有共鸣的东西,而且对人有用,创造"完美结构之书"时,我得到一个结论,人最终成为自己的一座图书馆,那是很好的意义。当然,arxiv可以继续完善它,我的构思中包含了关于对称性真理的结构,从而容纳了哲学、美学、神学等科学之外的东西。当然,它的实现与我无关,甚至这个构思一直被认为是未来故事,不具有现实意义,但它与我的理念契合,里面提到的概念并不能被证实是真的,但结构是有启示的。想起佐杜得知林奇做出了沙丘时的失落,接着又对林奇作品不厚道的幸灾乐祸,这是人之常情。但建造还需继续,就像最终那无法到达的沙丘,却生出许多路径分枝,也如"完美结构之书"一般,成为一个宇宙,这个宇宙在佐杜和我心中,大部分它的空间强大而坚硬,修补它的工作痛苦却美好。这就是启示性思想,只有经历它才配得上去思索佐杜晚期的哲学主题,恰如我杜撰的上帝心理学,一种创世的欢乐背后人的存在。保罗刺杀双目自我流放,带着俄狄浦斯王相同的命运离开不能与法则角逐的心,这是一种暗示和契合。如果谁拥有这种命运,他一定已经完成了自己那座图书馆。)

寺山修司

想起寺山修司，几天前他来家里，忧郁地跟我说，他要把《再见箱舟》里埋下的那些钟表挖出来。

我说那些钟表已经有了新的去处，因为以前天堂里没有时间，现在才有。

他惊讶地看着我，问，难道我已经死了？

我点点头，说，在地球上，你已经死了。

他看了看自己的袖子上贴着的小纸条，这是从马尔克斯那借来的办法，他用这些纸条提醒自己可能忘记的事情。他看到纸条上写着：我死于很年轻的时候，所以，跟没有死去并没有什么不同。看完，他冲我尴尬地笑了笑，就离开了。

时间

由塔罗牌、表针、镜子、列王、月相和书脊构造的石门，规则尤为重要，所有人都知道没有一种规则不蕴含毁灭，毁灭是一种必然。

清晨，我走在石门街边，小吃铺和十几年前一样毫无改变。

我读到一则关于诗人的故事，剧情很简单，我回忆片刻，想起这个诗人源于一个失败者的幻想。那个失败的文学青年只在这则故事的开头出现，他去一座城市谋生，遇到即将死去的山羊，山羊告诉他，欣赏艺术是一种能力，他陷入梦境，诗人出现了。

不久，我推测出这故事的作者来自外星球，我希望精确地理解他想表达怎样的思想，但现在我应该是被外星人盯上了。

路上，我瞥见四个长着兽头的神秘人尾随我，猪人、猫人、鹿人和鱼人，我必须逃走。

我知道，对毁灭的设定极为精密而具体，即便人类已经拥有了毁灭的力量，那依旧是上帝的权力。毁灭必须设定非常繁多的参数，具有诸多影响因素，人类拥有力量，却无法获得开启它们的能力。我躲进一个灯光昏暗的小面馆，邻座几个打工者一边吃着廉价的面食，一边高声却假装密谋地策划毁灭和瓜分世界。

外星人在诗人故事中传达什么信息呢？我不停思考，这时一个声音提醒了我，我感到顿悟，诗人的故事其实在讲述毁灭，每个人都想着毁灭和瓜分世界，这是上帝赋予人类的原罪。而在所有这些毁灭中，以一个人设计的毁灭最为美妙，我想起他，他是一位诗人，他写了关于未来的诗歌，他主要表达了关于时间和意识连续性的思考，自然，他得到的结论是这种连续性是虚假的幻象。因为上帝必须控制了这一点，才能控制他创造的所有思想。

连续性是虚假的，因而平行宇宙是一种真理，因果律的断裂也是必然，它只是被隐藏了。我想起了逃离的办法。这时四个兽人已经冲进屋子，片刻后，我看到我偷偷地从另一个出口离开。

时间泡

时间泡这种东西许久之后将对人们产生巨大的作用，但现在，只有少数人了解，他们大多是些民间哲学家、科幻作家、神秘主义者或精神病患者。

时间泡的消息在这些少数人中散布着，先是密语，接着成为密教，接着成为反抗者，最后又渐渐消失为密语，仿佛一个完美的循环。

这些人认为时间泡是未来对于现在的干涉，我们时常说过去不可改变，但为何不能构造另一种时间的闭环呢？譬如如果我们可以通过身体而非心灵感知时间，就像感知空间的维度一样，那么时间的单向性还会存在吗？

未来的人知道答案，并且未来的不确定性对过去的干扰也在整体时空的结构中，对时空的整体形成影响。时间泡的信仰者认为，时间本身是一种可触摸的流体，未来一词并不具有实际意义。逝去的并未逝去，未来的早已到来，是他们的核心认知，常人无法理解，他们的宇宙观是一种整体化的存在，即时空的完整构成早已结束，包括起始与终结，人们只是时空的体验者。这无疑导致一种宿命论的思想，他们并不考察这些思想正确与否，只是想打破它，仿佛是要构建一个空中楼阁，即在整体时间概念中，完成对宿命论的剔除。

于是，便产生了时间泡的概念，即人们在完整时空中，可以抽离出来，制造时空外的一个气泡。这是非常可笑的事情，但有人却证明了它的存在，比如庞加莱的动力系统模型中，所有未来的变化与初始状态都可以达成封闭，虽然那需要时间维度的无限延伸。从这个意义上说，我们是在一个巨大的时间泡中，而时间泡的出现，并不会对外在时空产生影响，而从集合的概念看，时间泡是否包含于宿命的整体时空，却是一种无解的问题。

既然宇宙是一个时空闭环，如果我们不考虑整个时空，而仅仅限于一小段时间呢？是否可以制造一个相似的小的闭环？从理论上说是可以的，只要能够收集闭环某个节点的所有信息即可，但这样的信息量太过庞大，并且恢复的过程无疑又是对整个宇宙动力系统模型的重现，不可能有任何技术实现它。

但时间泡的信仰者相信，通过模糊算法，未来人可以排除许多事件带来的不必要的余项，譬如遥远星系的引力。最后的模型是一种极简化且模糊的东西，因而，时间泡会与客观时空产生许多偏差。技术永远不能胜于理论，但近似对于人这种并不敏感的动物还是可以接受的。

于是第一个模拟的时间泡产生了，接着，未来人可以在技术可操作的时间长度里将任何事件放入时间泡区间中。比如，当他们觉得曼哈顿计划毫无意义，便用时间泡将其囚禁，于是该时间泡的世界中，原子弹便将永远无法出现，当然，从理论上讲，当他们离开时间泡回到客观时空中之后，也将忘记时间泡中的一切，不会有任何影响。

时间泡有两个作用，一是囚禁不好的事件，一是保存美好的事件。它属于完美主义和理想主义者。但那毕竟是理论，由于时间泡结构本身源于对客观时空的近似，所以，那些计算中被舍弃的余项依旧产生了蝴蝶效应一样的影响力。所以，技术上的时间泡不是理想的田园，而是一座座深井，它掩埋着许多未知部分。

当然大部分人无法想象这种现象，因为我们的主观时间是一种线性流动的，与时间泡信仰者的时间观完全不同。而我是如何发现时间泡的呢？我并没有被囚禁，也没有沉溺于美好，未来人为何要如此关照我呢？

那是因为我发现了自己的"映射者"，即时间泡里流出的一个近似的我，我们有相似的记忆甚至情感，但我知道，许多时候，我已经不是自己了，而是那个近似的家伙，那个因为余项的某些作用而改变的家伙。"映射者"，是对未能完美回归的人的称呼。

我发现自己总是做相同的坏梦，而梦醒之后周围时空的连接出现了细微的裂痕，那个裂痕是什么呢？比如我时常会对许多东西突然失去兴趣，知识、书籍、工作、爱情、朋友，那是一种突然的跳跃性的丧失，恰如加缪笔下的"局外人"。我仿佛已不再是我，而对另一些东西，会有突然的跳跃性的认知，仿佛是从别的什么地方带来的，比如知识、书籍、工作、爱情、朋友。

我知道，我被裹在时间泡之中了。

我不再是我，但我必须扮演我，因为未来人无处不在，如果我说出了时间泡的秘密，告知人们未来人通过技术改变我们的世界，我们不过是时间中的表象而已。那么，他们一定会想到我的行为将对历史和未来产生影响，我无法知晓他们会如何对待我，或者会消除我。

最要命的是，我也无法向时间泡之外的别人解释这一点，因为"奥卡姆剃刀"会让别人认为这是无法证伪和证实的，他们会嘲笑我是疯子。真的是太可怕了。

所以，与其如此，倒不如我就像映射的我一样生活，是的，像一个随时变化的映射的我一样生活，没有连续性，跳跃地思维和存在。后来，我知道，我们有许多这样的人，时间泡像密语一样，在这些人之中散布，那些思考过它的人，有时会陷入绝望，有时会努力打破，这就是生活。我相信，那个小圈子将会越来越大，最后与未来人发生战争，而现在，我就挣扎在时间泡的把戏里，有时候，我想离开，再也不回来。也许那时，我会孤注一掷地跟未来人做个交易，让他们把我带到一个美好的时间泡之中，或许，我可以与博尔赫斯或卡夫卡做朋友，虽然那时，线性而真实的时间中，我不得不被未来人消除。

尼安德特人

刚刚要进入梦乡,却听到有人敲门,会是谁呢?

敲门声并不急切,断断续续,仿佛并不确定要不要进来,我开门一看,是一位尼安德特人。

尼安德特人站在门口,赤身裸体,一头长发,表情窘迫地看着我。我把他带进屋,他径直走向桌子上的啤酒和烤鸭就开始吃,我在一旁看着,不知该说啥,他很幸福。

你知道这个可以吃吗?我想了想问,但并不确定他们会有语言。

是的,因为我梦到过,我很小的时候做了一个梦,那梦境非常漫长。尼安德特人边吃边说,我梦到我们拥有了语言,然后学会了使用火,有了火,我们便四处散布文明,我们走出了非洲,他自豪地说,看到了许多神奇。

但是,但是,你们后来灭绝了,进化链被智人取代了。

智人?他惊讶地说,不,我梦到过他们,但他们灭绝了,因为某种疾病。

他说,然后又示意我给他倒更多的酒。

你还梦到过什么?我问。

大西洲,希腊,迦太基,我们建立的文明,那真是一个超乎寻常的梦，一直延续了许久，从时间度量上看，我大概已经死去很久了，但是没有，我依旧活着，我甚至没有梦到过火山或陨石，也没有人叫醒我，我梦到了亚历山大图书馆，还有两河流域的兴起，你们所不知道的中世纪，一切都像是真的，还有观察者，一个永远存在的眼睛，在梦境中带领我到更远的地方，只要他存在着，我便会存在。

我很好奇，你为什么会梦到这些？我问。

因为我想知道，比如火是什么，比如星星有多远，比如宇宙的法则。

别的尼安德特人也如此吗？

不，我梦到了许多尼安德特人，但他们似乎都对此并不感兴趣。

他们在什么地方？我问。

在许多地方，他说。他用手指了指天空，然后又开始狼吞虎咽地吃起来，胃口很好。

外星球？

是的。

我又给他拿来更多的烤鸭、酒、一只苹果，还有一双筷子，他用得很好。

你是假的，我突然大喊起来，你这个骗人的乞丐，假扮尼安德特骗吃骗喝，你怎么会用筷子？

我在梦里学到的。

我可以考一考你的记忆吗？

我不必记得所有东西。

你总知道你何时诞生吧？

为什么要知道？他反问。

可你记得那么多事情。

是梦到的，而且，并非所有的事情，那是一个极为复杂而漫长的梦。

我想了想，这似乎也并没有什么逻辑错误，那么该如何证明他的身份呢？

你怀疑我了？他问。

我点点头。

他显得很愤怒，喝了许多酒，开始说他的梦境，那简直是一个人类史，大概说了几个小时，最后他说到：那其实是一个坏梦，我梦到人类把自己毁了，另一种人类，更聪明的人类，在外星生活，他们会乘飞碟回到地球，告诉人们过去和未来，但地球人却从不相信启示。我梦到一个启示，那便是我将永远地做梦，直到，直到一只苹果砸下来，就像牛顿那样，苹果会砸醒我，而当我醒来，一切梦境就消失了。

他指了指外面的院子，我看到，那里果然停着一架飞碟，天空中群星则无比清晰。

我完全目瞪口呆，当我回过神来，他已经倒在桌子上醉倒了，他难道不需要一件衣服吗？如果这是真的，那么，那么他千万不要醒来，我急忙想过去把他抱到床上，却不小心晃动了桌子，那只苹果滚动下来……

别，我眼看苹果要掉下去了，一个激灵醒了过来。

是的，幸亏是我先醒来的，几分钟里，我惊魂甫定，而地球上微风吹拂，我的洞穴和部落还在，许久前点燃的火焰依旧。

米歇尔·福柯

我在草原上行走，山羊中的福柯吹着笛子，我不知道他是福柯，但他的笛声幽怨、绵长，有一种思想的力量。草原辽阔，这里曾建立伟大的文明，狩猎地曾是宏伟的图书馆，牧场曾是繁华的集市，这些文明的建立者如今已经疯狂，而那些建筑亦被掩埋，火被熄灭，星球旋转，山羊不再思考。

什么夺走了你们的智慧？我问。

历史上有许多说法，但最坏的说法是关于社会的组织结构，山羊是一种群居生物，他们需要一个领袖，而领袖时常变成魔鬼，山羊中的福柯说，但这些历史都是形而下的，一种形而上的界限，在于他们对理智的怀疑。比如你是否相信绵羊是驯服的而山羊是恶魔，而如果你所发现的事实与经验相违背，你是否还会走下去？

这正是新知的过程，难道不是吗？我问。

山羊中的福柯点点头，接着，牧羊人挥舞鞭子走过来，他穿着长袍，长发披肩，眼神威严而慈爱，只是没有胡须。

我正想继续聆听，但山羊中的福柯丢下笛子，跟羊群一起被驱赶。他说，我屈从于此，因为那文明的建立者，也同样拥有毁灭的力量，我们必须使自己疯掉，并且接受规训。

　　草原上笛声依旧,却无人听到。我回到城市,石门的雨落下来,打在一个无主的书店上,我翻到一本书,署名是山羊中的福柯。

库布里克

　　人类变成黑白图像的那天，才重新开始重视人的形态，形态所展示的肢体语言是上天的赐予，他们最能传达人作为动物的喜怒哀乐和各种信息，只是对于形态美，我们忽略了很久。

　　直至那天，没有了色彩的时刻，舞者成为了最受欢迎的人。

　　我知道一位舞者，人们称他的舞既是创造又是毁灭，但这不是湿婆的故事，他只是一个人，甚至一个色盲，但他让人们觉得剪影般的人类可以通过舞变得如此丰富美丽，人们说那就像曾经的色彩带来的愉悦一般。

　　他毁灭了色彩，却创造了一种通感的感觉。

　　于是一些语言学家和认识论专家提出一个问题，色彩如何可能？

　　自然，我们可以通过光学的波长来定义，可以通过视杆细胞来分析，但它传达的感觉却依旧是主观的。今天人们相信，即便脱离那些客观作用，这种主观感受依旧可以通过别的方式表达，譬如舞蹈。

　　于是人们开始研究这位舞者，最前卫的科学哲学家开始关注形与色彩在思想结构中的相通，但一无所获。于是有人提出，正如自然万物都拥有其特定的震频，它们也拥有其独有的色彩学定义，只是，我们所有的感知都可以替换吗？这成为了一个无解的问题。

一些人开始重新创造色彩，但无法成功，人们意识到这是人类的视觉系统大规模的毁灭，这种力量或许来自深邃的宇宙空间。

这个问题直到舞者死去才获得一些进步，通过他的尸体，人们发现他是拥有色彩感觉的，于是，医学专家把他的眼睛移植到最强大的人身上，最强大的人可以战胜和指挥一切，自然，所有他认为好的东西都会属于他。

最强大的人不会说谎，他真的看到了色彩。

人们开始鞭尸骗人的舞者，但就在此时，发现最强大的人自杀了。

人们探查很久，这并非政治阴谋，他真的是自杀，但他把眼睛留了下来。

于是人们又把眼睛移植到继位者身上，但很快他也自杀了，如此三次之后，人们才想到引起自杀可能是眼睛的问题，自然，那也是色彩的问题。

于是很快，新的继位者将这双眼睛毁掉了，他没有自杀。

如今没有人再提到色彩，除了那些疯狂的哲学家，据说他们有个秘密组织，还在试图重新创造色彩，当然，他们之中也流传着一个无解谜题，真的只有那一双眼睛看到了色彩吗，或者色彩真的存在吗？

莱布尼茨 II

独角兽敲响莱布尼茨的房门,清晨的独角兽,如此美丽,朦胧的光芒在它身上绽放,如果有什么美的生命,那一定是独角兽,它的四个蹄子踏过怀疑和虚空的花瓣。一切语言表达的不幸,源于我们不能深入理解存在的本质,莱布尼茨说,如果有一种更美的符合自然的语言,我要努力去聆听。独角兽鸣叫着,朝远方奔去,莱布尼茨跟随它,再也没有回来。

(独角兽带莱布尼茨去了荒凉处,疯狂的人们还在追逐他,询问他那最后的完美的语言,莱布尼茨漠视那些人,只是看着天空的群星,于是人们也跟着看,许多人才仿佛第一次见到了群星,痛哭流泪。独角兽又带着莱布尼茨,越走越远,而跟随的人也越来越少,莱布尼茨时而停下来看看大地,更多人跟着哭泣,接着在大地上建房,居住。独角兽鸣叫着,继续走,继续走,我们总会走到无人的尽头。)

叔本华

叔本华是个悲观主义者,但却没有自杀,倒是他的信仰者王国维终觉"义无再辱"而投湖,令人痛心。叔本华曾说,最理智的自杀应是饿死自己,这样可以随时终止,也考验了死的理智性。伯夷、叔齐之后,大概便是哥德尔实现了这种死的理智,晚年孤独的哥德尔饱受焦虑折磨,最后死于厌食症。加缪说自杀是唯一的哲学议题,但却死于车祸。维特根斯坦渴望自杀或战死,但却死于病痛。而大多数自杀都不能完美,譬如梵高,自杀未成,第二天才死去,死前最后一句话是:"难道我又失败了?"所以自杀需要多种因素的配合,才能实现其完美性,譬如"文革"时期的自杀太过频繁,虽然也令人唏嘘,但并未有什么效果,所以自杀不能人死亦死,要有特色、独立性和掌握时机,某个时期某个领域自杀者的开山鼻祖,终会被永远记忆,譬如海子、图灵,当然,这也与他们选择的自杀方式的浪漫性不无关系,海子的自杀呼应着他的诗篇,图灵则如白雪公主一样美。自然,在一个哲学远离的时代,自杀的悲壮性也随之削减,一则社会学法则认为,严肃的事件经过22.3年便可以成为调侃对象,《堂吉诃德》便调侃过古罗马烈女卢克雷蒂娅的自杀。而今,自杀成为普遍而有趣的话题,英国漫画家安迪·莱利画了《小白兔自杀手册》，只是它不仅不黑暗，反而让人笑过后觉得温暖，譬如其中有的小白兔在一群纳粹礼中竖起V字手势（纳粹也可以被调侃了），还有巴黎大炮、诺曼底登陆、复杂的哥德堡机械系统，就像南方公园里那个总是死去的Kenny。也许死亡其实是一种乐观的选择，如果人类足够智慧，足够理解生命的本质。我所知的最年轻的自杀是澳大利亚14岁天才儿童布雷默，自杀前只说自己做的一切都很好，人们终会理解。年龄最大的自杀也属于澳洲，一位104岁的生物学家，生日时许愿死去，为了这个愿望他奔赴安乐死合法化的瑞士，选择了安详而有尊严地告别。也许他们真的理解了死亡，这种理解也并非完全源于生而为人的痛苦。后来，澳洲一位神经病理学家发明了Saroc，安乐死机器史上的集大成者，并且在网上公开了设计图，所有零件都可以3D打印，自行安装，它的外观像一个科技感十足的太空舱，使用者首先要通过一次心理测试，然后获取一个密码，输入后，死亡舱门便打开了，测试和密码保证了理智。但我突然想了两个问题，比如如果我想自杀，会不会像罗素或那个突然读到费马大定理的数学家那样，看到这个密码突然想到它是怎样生成的，进而产生了对机器的兴趣，进而削弱自杀的决心呢？它是否改变了我的意愿呢，而且这机器采用了AI技术，对此我非常好奇，它的测试是一个图灵测试吗？所以，这台机器的"安全性"并不可靠，它会让人受到"自杀干预"。另外，测试会让人对自己的意志产生质疑，我想了一个笑话，一个使用者因为某些原因发现测试这步消失了，这可能是设计者对他的提醒，但他会怎么想，这台AI要让我直接去死吗？他大概会愤怒，想到自己与AI的分别。所以，相比这种自杀，还是传统自杀更可靠，因此我坚决不认同叔本华，如果我们理解了死，就应该去死，神经学家认为"意识"源于感知和记忆，如果事件带来的痛苦是短暂并使人失忆，那其实并不可怕，并且对于"意识"，它其实并未发生，所以死亡不正是如此吗？此外，经过对自杀的大量研究，我认为对自杀的设计不应在于实施的具体过程，而应是对于死亡环境的认真考量，因为只要人还有好奇心，便十有八九死不了了，所以关键是杜绝自杀前接受新事物，尤其是逻辑的、数学的、未知的，故而他应该塑造一个孤独的空间留给自己慢慢享受自杀之美，叔本华和罗素都忽视了这一点，这让我很开心。

亚伦·斯沃茨

亚伦·斯沃茨从参与基础互联网协议RSS到创办Reddit，足迹遍及整个网络世界，他被称为互联网之子，他是最前沿的赛博朋克，甚至是最早的赛博格（人机合体）新人。人类历史上那些或伟大或狂妄的疯子都曾试图创造"新人"。斯沃茨并不仅仅为技术而技术，他声称技术的目的是使人类生活更进步，对于人类基础的"公正需求"的回馈，以及对未来的新的"人类（包括赛博格）"组织建构的设计。但是，涉及到社会学的许多定义显得过于宽泛，对斯沃茨这种技术型"盗火者"来说，宽泛的定义是危险的，他知道这极易导致价值上的独断，所以他时常极为小心。斯沃茨后来的故事是一个悲剧，我们知道，2013年1月11日他选择以自杀方式告别这个混乱的世界。之后，他成为网络组织"匿名者"的精神领袖。

现实生活中关于他的信息极少，我偶尔见到一个简短的信息记录，它出自一个秘密的深网社区，为了防止美国政府的追踪与迫害，社区参与者的身份都是加密的，所使用的信息也都是密文。以下是被破译的部分内容，之所以并非全部，是因为信息战争永无止息，此刻，在我们看不到的地方，依旧硝烟弥漫，而且随时有人为之付出牺牲。

亚伦·斯沃茨（Aaron Swartz，以下简称A），提问者（以下简称Q）。

Q：你知道你的自杀吗？
A：理论上可以，但我没有大量的时间对这些信息进行分析，生死并没有那么重要。
Q：你知道我来自哪里吗？
A：理论上可以，但我没有大量的时间对这些信息进行分析，身份并没有那么重要。
Q：我来自一个神秘的地方。
（信息无法破译）

……

A：技术即权力。事实上那些人比其他人更需要互联网，他们寻找更秘密的东西，他们渴望更早地掌握技术。比如赛博格技术，它可以成为人类最强的武器。
（信息无法破译）

……

Q：坏的社会形式导致反智主义滋生，它时常又反哺坏的社会本身。
A：但反智主义绝非人类的自主需求，它只是基于少数人的需求，对于技术邪恶的鼓吹和渲染，并不能使整个社会都远离技术，技术本身的力量在于，它有极强的渗透性，并与人的基本需求紧密相连，即便只有少数人掌握它，也可以进行反击，而且时常会有优势。技术必然会增进人的理智，只是我们今天的技术还不够成熟。比如我生在一个所谓的文明国家美国，但一直受到FBI的骚扰，真正的好社会还很遥远。

（信息无法破译）

……

A：之前的社会是通过语言建构的，语言是人的本能，它编织概念，人们通过概念建立更大的社会。比如上帝的概念或者各种其他的信仰。但在这之后，则应该是技术构建的社会，技术将会超越观念，它只为人更多和更科学地了解真实提供工具。一些落后的社会，在没有技术干预的情况下几乎不会自动进步。一些国家投入在技术限制上的成本甚至比其他公共服务还高，所以技术和传统语言概念的博弈还会经历漫长而痛苦的过程。但可以预想，在一种突破性技术面前，社会惯性的反动力量将非常薄弱，这就是人的天性，他们总想获得更有趣的东西，你读过《百年孤独》吗？

Q：我想那就是南美现在的故事，那是一个非常痛苦的过程。

A：甚至，布恩迪亚家族的子孙们永远都不可能实现社会的脱胎换骨。

Q：为什么？

A：人类还未建立一种社会形态是完美的，所谓的好社会只不过是相对现有的技术水平不那么恶劣而已，它需要管控，它存在疏漏，比如，人们在信息不完全的情况下，永远选择不出最好的政府。但是，我们就是在打造一个接近完美的社会。

Q：政治永远存在暗箱游戏。

A：是人的行为。没有基于人性的完美社会架构，但是存在一些将人性的影响降至很低的结构，它可以将人性之外的力量组合起来。道理很简单，真实的就是最好的，逻辑的就是完美的。以前的坏社会之所以产生，很大程度上是对信息进行了遮蔽，新技术必须实现信息的完整，并且其完整性不受个人干扰。我们知道，单一粒子的运动是随机的，但大量的粒子则会产生规律，人也是如此，我们并不追求每个人的完美，但充分的信息的交流和反馈，将会形成一种近于粒子运动的规律性结构。然后我们把对人进行善恶评判的权力从某个权威手中取回来，它不再由人控制，而是交给数据和逻辑。这就是我们需要的盗火者。

（信息无法破译）

……

A：我和阿桑奇一直坚信只有技术才能实现社会公正的巨大进步，我们在促成那种新的社会形态，庞大的信息随时随地可被获得和传播，一个完全摆脱权威和管控的信息网络，基于人却超越人，它自行运转，通过远高于人类能力的运算得到最优解，甚至没人知道它是如何运转的，就像我们看一个坚固的物体无法知晓它微观层面原子的运动的一样。我们把它称之为"原子模式的超社会状态"。

Q：技术可以达到这样的结果吗？

A：从电脑到移动网络，实时通讯带来诸多革命性变革。技术基于想法，因而附带许多属性，互联网就这样携带着盗火者们的属性。我曾基于大量数据对可实现的技术的普及化进程进行预言，也许在2023年左右，VR技术将会全面覆盖实时通讯装置，2050年，随处可见的赛博格将成为社会新人。新人将公正无私，他们不做价值评判，只记录和传播真实。那时，覆盖全球的无线网络系统早已实现，普天之下没有秘密，只要你愿意公开它。

（信息无法破译）

……

A：这是对恶政府的致命打击，但它只是"原子超级社会"的一小步。如果"我"的秘密数据还能被保留到那个时候，我会努力打造另一个系统，它基于一种智能评估与全球军事数据的互动，而智能评估结果超过某个阈值时……你明白，那时候全世界都有赛博格和匿名者，必要时，我们会发动对国家机器的攻击……但日常情况下，系统将履行政府的正常社会职能，我们已经说过，系统的好处在于它不受任何人的指令，包括它的设计者。

Q：这听上令人兴奋，但那会不会成为另一个打破平衡的力量，那不是另一个政府吗？

A：今日的世界将被超越，所有的政治形态都成为过往，人类将完全进入到下一种更好的社会组织形式中。
（他仿佛在自言自语）……

Q：您还能再说一些具体的东西吗？

A：……（更多的自言自语）

（信息无法破译）

……

A：我知道你来自何处了，我们正在做对你的世界进行解密，真是令人惊讶。

……

备忘：该信息中包含一段令人震撼，又令人恐惧的对话。对话源于一个不久后便被清除的深网社区，社区构建者是一个不能说的名字，那是最早的赛博格技术参与的社区，我们不知道那个不能说的人现在存在于何处。我们正在寻找社区消失的原因……

荣格

在一个小书店，看到《红书》。

翻了两页，突然感到很紧张，虽然我从来没有读过它，感觉中却像读过一样，甚至仿佛那是我写的，我忘记什么时候写的，也许花费了很长时间，梦境中包含时间元素的真相吗？

我继续翻着。不对，许多年前，我读到过它，那的确是梦境，但却像很多共同的梦境，我梦到过女人和神曲，梦到过浮士德和魔鬼，梦到过爱伦坡和洛夫克拉夫特，黑暗，但并非实在的恐怖，而是一种源于对不可知的自杀般的追逐的恐怖。但为何，为何我忘记了？

难道这本书本身有一种魔法？一种可以在思想的有无之间穿梭的东西，甚至，可以控制思想？我看到一棵树，一匹马的胎盘挂在树上，从我很小的时候就在那里，许久之后，胎盘变成了鞋子，进而又成为面具，最后，随一个死者进入了坟墓，坟墓长出青草，野马吃掉它，在体内成为新的种子，流血、生育、胎盘、轮回。

我在小书店里翻书，却没有在读，它自动进入我的思想，而我像在被控制着，被什么东西强制着，置身于黑暗，场景本身散发着一种力量，我在哭，那又不是我。

四周没有了人，这本书发着光，而旁边是些畅销书，红书也成了畅销书?

对于书店我很久没有逛过了,因为我所想象的书店是那种不同的场景,里面的人都很奇怪,甚至,外星人开的书店,他们看上去跟我们无异,但他们慢慢把人同化,就像索拉里斯星的海洋,那里兜售书和迷幻药物,上帝在自己的田园种植罂粟。

是的,我有一个朋友在这个国家做秘密的工作,他曾经跟我说,书店,尤其那些小书店是从前外星人聚集的地方,后来,他们被发现了,国家开始涉入这件事,许多外星人消失了,就像人消失一样,无声无息。

我问他还在做这样的事情吗,他摇摇头说,外星人也会有悲伤。

我正回忆这件不可思议的隐秘的事情,对面玻璃墙边突然站出来一个人,他苍老,表情生硬,戴着圆框眼镜,却依旧看到眼窝深陷,他在那静立很久,有多久了?这个苍白的老头子!

像是受到什么惊吓一样,他胡言乱语地对我说,你知道母体和树吗?你知道倒吊人吗?你知道颤抖吗?他露出一种深邃的神情,又急切地等待我说些什么,仿佛一个乞丐,而他所需的或者只是一些话语,一些哪怕是呓语的幻象,他能从中得到什么?

我记得,在我生命中,许多次,五月和六月,遇到了极大的变革和痛苦。有一年的六月二十日,我开始占卜,我的心中怀疑着这无法验证的东西,我只相信无序的力量。

出现了什么?他问。

倒吊人，我说，那是我唯一一次占卜，那时候，普罗米修斯和达利在我身边。

现在，你知道颤抖了吗？颤抖，全身的颤抖，死一般的颤抖！太艰难了，我读了许多次这本书，你正在看的这本，《红书》，他说，但那不是我写的，那是许多东西传递给我的，奇特的信息，其实，我们都曾接受过它，但你们，都把那信息屏蔽了。

我们也曾接受过它？我问。

是啊，所以，你才会有似曾相识的感觉，会有梦境和阿赖耶识，会有共时性的超因果体验，不同的维度，但被你埋葬了。

曾经有过，却仿佛没有，曾记忆过，又如同忘却，曾存在过，但近于虚无！

那么你？我惊恐地说。

我记住了它，这是不幸，是惩罚，虽然我不相信神，但某种力量太强大了。我在那力量构建的黑暗中生活了很久，接着，我融入了它，像尼采那样！但我必须活着，恶狠狠地活着，像这个世界的老独裁者那样，恶狠狠地活着，我必须用最简单最暴力的方法，数学，加法，一个字一个字地去构建一条路，通向某个地方的路，那里！

我感到他的疯癫，但那不是疯癫，而是一种近于疯癫的痴迷，周围变得黑暗，他在黑暗中的两只眼睛，却像是一团更加漆黑的东西，是的，比整个漆黑的背景还要黑暗！

但是炯炯有神！

什么地方？你要去哪里？我惊恐地问，而现在，又是什么地方？

是光明，是幸福，是爱，是一种金子般闪光的自我。

他说。说完便离开了，消失在黑暗之中。我低下头，手中的书变成了一只钟表的表盘，却没有滴滴答答的声音，凝固的时间，它可以被梦境的语言包容吗？

我找到门，离开，周围恢复了日常模样，读书聊天，无我地生活。

哲学之城

一

荒原 河流 人

特殊的戏剧性的几何构图 随着说话改变姿势和位置 镜头可以自由地拍摄

SA（高高的尖帽子，老人，智者）：城市源于泥土与河流，我们走进无数次，又离开，最终它成为了城市，它在哪里？那些恒久的元素，成为真实结构的现象，但如此平常，我们忽略那些新鲜的东西，而那却是一种满足我们的更高层的生活的追问，它在哪里？

PO（诗人）：寻找城市，而城市响起钟声，如同暮鸟的归途上布满哲学，而那些只言片语被进入城市的人捡起，他们开始眺望，白色的影子掠过天空，进而了解到并不完美的构造表现在越来越远的建筑及其形式上。

PH（哲学家）：建筑及其形式，代表着生活，它表现于碎裂的被切割的语言，公交车行走在街道上，透过车窗，我们不仅看到人，还有存在的各种可能性，那些一闪而过的元素，从本质上说，通过对于泥土和河流的追忆，成为我们遗忘的自己。

PO（诗人）：阿尔图尔·兰波，那个离开城市的年轻人，曾经询问，为何不能成为所有人？

HI（历史学家）：但泥土与河流是一样的，许多年前，我看到它的建立和成长，那时候，它被称为火车拉来的城市，那也是这个国家第一座解放的城市。不仅如此，它还有诸多已经被遗忘的名字，古老的石门，更古老的真定，更更古老的东垣，以及那些读不出来的语言所记录的城市。城市，总是在无数人身上形成记忆和历史，却将人的记忆和历史纳入到更久远的大地。

MA（数学家）：就像是通过逻辑，我们推导出这样一个无穷循环的过程。泥土与河流的记忆是一个无穷集合，它们被有限的人类进行有限形式的重组，进而成为城市。但因此，我们不可能得知所有的泥土与河流的信息，城市是失真的，在这个意义上说，它也是值得寻找的。因为从无穷到有限，是城市构造的难以自洽之所在。我们又将在城市之中，不断重组、创造、消除新的信息，但这就如同芝诺悖论一样，让我们陷入到无解之中。

PH：从而，城市是真实的，还是虚构的？

MA：正如无穷的实质是实无穷，还是潜无穷！

SA：我们寻找了许多时间，从第一座城市开始，到也许并不存在的结束，但是它本身却告诉我，生活，生活，年轻人们，去生活。

PO：假如生活欺骗了你。

SA：但我比太多人都有经验，可爱的诗人，存在即合理，这是我的答案。

PO：（抓起泥土，踏入河流，扬起水花）不，不，我们应该寻找什么证明，哪怕是一个坚定的不容侵犯的信念也好，哪怕是一种仅有我们知道的秘密也行，我们应该行走，智慧的先生，要知道任何长者的智慧永远没有城市变化得更快。

PH：赫拉克利特说，改变才是世界的永恒。泥土与河流变化成建筑和道路，追寻之地变成家园，家园又变成废墟，而废墟又变作新的世纪。我要去寻找这变化的律动，我要走向泥土与河流，去感知它从前的思想。

MA：那该会是多么美妙的方程，比任何工程学的计算都更令人振奋，从无穷到有限，是格罗滕迪克的万有紧化，是人的另一种描述的大多数人看不到的真实，如果城市是一种崭新的素材，它就应该出现在这里，我要去寻找它，0和1，泥土与河流！

HI：我还有什么要说的呢？这是我应该去记录的，再见，过去的智慧，再见老先生，让泥土与河流产生文字，让后人看到我们添加的历史吧。

（诗人、哲学家、数学家、历史学家手捧泥土，走向河流。）

二

一座荒原的建筑或者工厂或者巨砖或者污水净化厂或者造玻璃的工作，堆满碎玻璃。

PO："路过而没有进去的人所见的是一个城，困在里面而永远离不开的人所见的是另一个城。你第一次抵达时所见的是一个城,你一去不回时所见的是另一个城。每个城都该有不同的名字。"这是卡尔维诺在《看不见的城市》中书写的诗性与惆怅,这是一封情书,是马可波罗对大都,或者是他自己于都灵,但那并非现实的城,那些现实的城是不会因人而变的,它们改变人。

PH:但何谓现实?人又如何被作用?真实是一副交响曲……

HI:历史尤其如此,对于石门这座城,首先是河流,那恰恰是我们刚刚走出的,农业文明的诞生与恒久的象征。进而,它是钢铁、药物、铁路、煤炭,是不断展现的建筑形式,这之中包含不断变幻的新的思想。

MA:我们应用了那些深藏于宇宙的公式,来建造生活,从微观到宏观,人们改变的只是结构和表象。

PH:而城市改变人的东西更多,是意志和语言,是对生活的认识,是道路,是车辆,是习惯,是喜好,是吃和排泄,是性与文明。

HI:曾经的这里,并没有星巴克和肯德基,没有夜总会和KTV,没有很多汽车和红绿灯,那是什么时候?河流第一次接收带着美利坚气味的污水,天空中的塑料袋有法兰西高雅的气质,泥土和巨砖是德意志沉重的金属味道,这就是历史,谁创造的呢?

PO:是英雄,是思想者,是那些离开它的人。

MA:难道不是人们?作为统计学而出现的数据。

PO:不,那远比数学复杂,是离开它的人,是尤利西斯,是马可波罗,是哥伦布,是麦哲伦,是兰波……

PH：斯宾诺莎……

PO：走吧，我们要远远地看到它，改变它，用许多东西。

（离开）

三

铁轨

SA：你们回来了。

PO：不，你看，河流已经变成了铁轨，船已经不再运载古老的旨意和命运。

PH：我们只是来告诉你，我们要从更多更广的泥土与河流中，得到更多的可能性，对于存在。

SA：你们要离开？

HI：历史之中，没有人真正离开。

SA：那你们要做什么？

PO：创造，我们要召唤更多的人，通过这条路，来到城市吧，这是泥土的最强大的形式，在这个星球上，它让一块无名之地，拥有独一无二的名字，它让经过无名河流的船只，挂上不同标志的旗帜，它让那些听到它的人，感觉一种只有人会向往的神秘。

SA：神秘，为何我竟然没有了那种神秘感？

PO：会的，当我们告诉你，它在生长，看啊，它在生长，看那里，看那里，听，在野草刚刚泛青的时候，有一个消息低声传遍了宇宙。

　　SA：是啊，我看到了，我听到了，真好，多么值得骄傲，我的梦境之城，我依旧年轻，和你一样。

抑郁鹿

我想与一只鹿相伴，一只因抑郁而死去的鹿，也许它很小的时候失去了妈妈，也许是看到了猎人，也许别的，不知道，我见到它时，它得了抑郁症，起初只是不想奔跑，后来它总是自残，用荆棘划破自己的身体，再后来它不再吃草，也不再喝水，在梦里它会叫妈妈的名字，也许它在等着妈妈来找它，要把草和水留给妈妈。最后它用一把枪自杀了，我在河边找到它，水静静地流着，流得我很悲伤。

（这是一部电影。）

仙人掌人 I

每天晚上,仙人掌人都会给小女孩讲故事,他很会讲故事,因为他生活了很久很久。小女孩喜欢他讲的故事,她不喜欢老师讲课。一天夜里,她问仙人掌人,为什么白天看不到你,白天我也想听你的故事。仙人掌人说,白天我顶着一朵花,她很娇艳,你看到她就看不到我了。小女孩说,别顶着那朵花了,我不喜欢花,我喜欢你,来给我讲故事。不行,这是你的爸爸妈妈给我的任务,仙人掌人说,那朵花还要吸我的血。

(对于嫁接,我们没有生物学上合理的解释,这是一种自然现象,仅此而已。)

抑郁鹿 II

小男孩没有朋友，因为他很骄傲，他生活在一所小房子里。只有一只患抑郁症的鹿，他管它叫抑郁鹿，但抑郁鹿并不会总是出现，它只是时不时来看他。你好，今天好些吗，能留下来陪我吗？小男孩给抑郁鹿打招呼，但它从来不说话，它呆呆地望着窗子，几分钟后又慢慢离开。后来，时不时窗前也会有一个小女孩，但他一句话也没有跟她说。一天，他放了一朵花在窗子上，他等了好几天，小女孩出现了，开心地取走了玫瑰花，那玫瑰带有剧毒，小女孩走了几步便倒下了。小男孩把她埋起来，地上长出了许多鲜花，从此，小女孩的灵魂就属于他。几天后，抑郁鹿出现了，他终于可以跑出去跟它玩了，但他很傲慢地说，我已经有了新的朋友，不必再祈求你了。抑郁鹿知道那是小女孩的灵魂，它更加悲伤，于是它吃下了女孩坟墓上的毒花，临死前，它开口说话了，它告诉小男孩，它只是在帮他找出去的路，现在，沿着它踏过的足迹，就能离开这座孤独的房子了。

诞生与废弃之岛

孩子生下来的时候，带着胎盘、脐带、鲜血，他们一天天长大，会有很多细胞掉落下来，此外有的孩子因为意外，失去胳膊、眼睛、耳朵和脚趾，对了，他们还要时不时修剪头发和指甲。孩子们从未想过，这些从他们身上掉落的东西也具有全部的生命信息，他们去了什么地方呢？小男孩总是询问这些怪异的问题，他遇到了一个老爷爷，老爷爷告诉他，有一座废弃孩子之岛，他们便在岛上。小男孩要老爷爷带他去岛上，他以为废弃孩子们会像自己一样，会成为他的秘密朋友。老爷爷划着船带他去了那座岛，岛很大，远远地小男孩便听到了岛上的声音，咔嚓咔嚓，老爷爷说，那是剪指甲的声音，当然，还有一些胳膊被车子碾碎的声音。他们登上岛，两只胎盘守卫着岛屿，他们正在为彼此讲述自己诞生的故事。一个胎盘说，他生下来的时候，取走他的人许诺说，他还会继续长大，会长成另一个孩子，但几十年过去了，他还是没有变。另一个胎盘说，但是我们得到了永生，而那个跟我一起出生的孩子已经死去了。第一个胎盘说，但是有一些我们的同胞却被吃掉了，正如一位宇宙哲人所言，存在只是幸运而已，而毁灭才是常态。小男孩听得很入迷，直到两个胎盘让他交出身份证。他还不明白身份证是什么,老爷爷告诉他,来到这里的不能是完整的孩子,所以必须交出自己的一部分才能进入岛上。小男孩想了想,便切下了自己的一根脚趾,他感觉很痛苦,但强忍着进入了小岛。老爷爷说,这座小岛上有很多房子,每个房子都要交身份证。小男孩想,我还有很多脚趾头。老爷爷说,不必都用脚趾头,你可以用指甲和头发。小男孩开心地朝那些房子走去,他听到了指甲和头发的故事,听到了细胞和消失的尾巴的故事,他已经走过了三座房子,他从没听过这些神奇的故事。在第四座房子前,两只看门的腿告诉他,很多孩子生下来就是残疾,比如战争、贫穷、愚昧,都会生出没有腿的孩子,但他们比那些孩子幸运多了,因为战争永远没有和平,贫穷永远不会富裕,愚昧永远不会智慧,那些留在岛外世界的孩子会被慢慢地折磨死。老爷爷问,你要进去看看吗?小男孩点点头,老爷爷便切下了他的两条腿,小男孩虽然很痛苦,但强忍着爬进了小屋。这里很快乐,因为悲伤的孩子已经留在了没有被废弃的世界上。就这样,他们又走过了很多房子,到第一百座房子时,小男孩便只剩下一只脑袋了。祝贺你,你已经成为了真正的废弃孩子,你将永远和废物一样幸福了,老爷爷说。但是我想回家,小男孩哭着说,我不想再丢下眼睛、鼻子或耳朵了。好奇的孩子回不了家!老爷爷说。不,我要拿回我的身份证,小男孩继续大喊。傻孩子,这里难道不是很快乐,回到家,你会长大,会痛苦,会经历许多悲剧,它们会让你的完好的腿不再行动,双手也变得迟钝,什么都抓不到,眼睛看不见,耳朵听不清,最后你还会孤独地死去。小男孩不知道如何是好,他慢慢睡着了。当他醒来,海风吹拂,天空湛蓝,鱼跃出水面,阳光铺在大地,他在这座岛上生活了下来,不久后,他便有了很多好朋友,独眼睛、残耳朵和独臂娃娃……

佐杜洛夫斯基Ⅱ

圣山无处不在，圣山上的鸟谁都不属于，它们早已购买了自由。有一个关于鸟的故事是这样的：从前，有一个没有王子的国王，他即将死去的时候想到要找一个继承人，因为他是国王，所以他不信任任何人，他做了一个独断的决定，将自己象征王位的戒指用废铁复制了十万枚，它们都一模一样，然后他将这些戒指丢到王国的许多地方，谁最终获得了真正的王戒就得到了王位。老国王就这样把王权交回给了上帝，然后安然地死去了。但一百年过去了，这个故事还在流传，而王国却处处都处在无政府状态，人们为了获得王戒四处奔波甚至自相残杀，直至这传说成为迷信，王戒也被忘记。又过了很多年，一个小男孩恋爱了，他喜欢上一个美丽却善妒的女孩，女孩要漂亮衣服、美味食物和贵重饰品，男孩拼命工作取悦她。有一天，女孩看到朋友戴着鸟羽装饰，她也想要，但男孩却买不起。他想了想，独自一人去了山上，他捕到一只鸟，非常美丽。男孩带鸟儿回来，女孩喜出望外，但当她要取翎羽时，男孩突然感觉痛苦，因为那将杀死鸟儿，没有羽毛的鸟儿是可悲的。但故事到这里，谁都能猜出结果，女孩得到了翎羽，而痛苦的鸟儿告诉男孩，杀死我吧，我不能没有翎羽而活，男孩便准备帮它结束痛苦。而就在这时，它吐出了一枚戒指，那正是王戒。它不知为何到了飞鸟的胃里，而如镀铁的锈迹被飞鸟的胃液清洗干净后，它呈现出绝无仅有的美丽和威严，女孩戴着它，直至手指被一个强盗切掉，接着一个正义的人杀死了强盗，看到了王戒，并回忆起那个古老的故事，他对王权充满崇敬，他相信自己无法驾驭那种崇高。他把王戒归还给女孩，女孩没有手指来戴上它，它属于男孩的手指。于是，男孩成为了新王，断指的女孩成了王后。王国改朝换代，重新兴盛，直到许多时间后，男孩国王突然长出了羽毛，然后慢慢变成一只鸟，它叼走了王戒。它离开王国，来到一座山上，统治了所有的鸟儿，再也没有回到世界。它的王子成了新王，它的人民把那座山称为圣山，但从未有人知道它在哪。当然这个故事应该倒着来讲，那样就会有更多悬念，但讲故事的人并不想讲故事，而是希望它是真的。

π

（制造末日游戏）

I 随时的危机

毁灭之言说，应近于欲望，因毁灭是好的。谁在必亡之地哭泣，必被石与火埋葬。

——《末日法典·语言》

荣格非常智慧地谈到了共时性的问题，试图以此来与因果律分庭抗礼。但上帝并不惊讶，因为存在即整体。他们离开火星时，我正在办公室收拾东西，同时地球上有无数人死亡，如果我们此刻不再观测，将永远不会知道火星毁灭的命运。

那是傍晚七点，我等到了公交车，我迫切地想念一个小屋，我的画了一半的画，我的地板，我的墙角，我的消失了的蜘蛛的丝网，我的没有床的屋子，我的透过窗子的隐隐约约的月亮，我的在树顶荡来荡去的影子。

我知道，如果我此刻不再想它们，远远地离开，到一个只有我自己的地方，不再关注一切。那么，十万年后，小屋将成为一个屋子形状的树，蜘蛛会进化出简单的智慧，人们将利用它们对于几何的敏感获得一些数学启发，月亮会很近，而那幅画卷将自己长成。

我们所做的一切，都是在加速某些东西，逆着因果律和熵增的法则，这是有意义的。

公交车上，戴帽子的人坐在我身边，低着头，仿佛哀伤，什么都没说，像男人又像女人。

我下车，穿过那如群星般排布着雕塑和未成形的石头的小公园，周遭黑暗，如梦的外星球。我开门，扶着墙，脱去鞋子，一只蜘蛛爬到我手上。

我烧水，洗脸，点烟，微信上跟一个朋友说到望月新一。

迷失在黄昏的人们开始涌向我的小屋，我听到好几下敲门声，这里将迎来访客。我虽然知道，但还是问了声谁，门外一种奇怪的吉普赛人的声音回答我说，他们只是来找水。

我打开门，遇到来自火星的男人和女人，他们行动很慢，没有数量，门一直开着。迎接他们花了很长的时光，仿佛那灯光昏暗的楼道一直连接着另一个星球。他们长得都很高大，两米多，屋子太矮，他们弯着腰，仿佛要跟我说话。

他们坐在我的地板上，彼此说一种发音像鹦鹉的语言，他们用眼神和电磁波跟我交流。一个火星男人告诉我，线是奇迹，圆是游戏，制造舞蹈之余，他们制造一颗颗星球。

一个女孩欢快地说，火星毁灭了。

于是我决定不去惩罚他们。

但他们会自我惩罚。

II 承受着快乐

真正的邪恶，必装扮以善，使人不可分辨。真恶是美的，言说恶时，须内省上帝之名，因那是他独子。

——《末日法典·道德》

当我们说到无限的时候，它就会到来。

那是什么？我故意问。

火星男人说，人们终会知道，接着便沉默。

他看到我的墙上未完成的画作，那是一个由某个定理具象化而来的作品，我将那些代表特殊变量的符号化成了地球上实体的生命。有时候我很爱它们，比如豹，它的花纹像表达着生殖和欢乐的真谛一般，我时常抚摸它们，我爱邪恶的畜生，远胜过善良的人。

火星男人说，某些时候，他们会验证一个梦，或将其视为法则，因为他们认为梦是真实的一种。这正如在他们的理解中，正确的规则可以通过对其进行转化而判定。

由此可知，这一场景，是他们在做梦，或是我在做梦。

但场景超越于梦境，如果梦是真实的另一维体现，那么场景不仅可以实现梦境的力量，还可以成为游戏。没有什么比场景更重要，场景是游戏的根本，上帝失去了游戏之心，就会被高尚吞噬，而高尚只不过是人之臆想。

火星人们理解很高深的真理，他们传达它的方法，就是设置一些场景，然后自然感知。

一个火星女孩告诉我，星球毁灭了，就在刚才。我点头表示赞同，它总会消失。接着，他们都不再理我，他们去了另一个屋子，接着，拿出许多球体，放置在周围的空间中。又用了很久，他们脱去太空服，一丝不挂，他们聆听着月亮，兴奋地做爱，安静如歌。

门开着，一个火星女孩很漂亮，她看了我很久，我也静静地看她，她兴奋的时候不断地喊出 π 的数字，他们崇拜圆，他们通过圆理解宇宙。

火星爆炸了，不一会，新闻开始了紧急播报，火星毁灭了，生的将死去，永恒的将被遗忘，恐慌的实体展开了，在以太之中蔓延，人真的很丑陋。

我在我的小屋里，看他们做爱，他们就像是植物，很安静，像花儿在开放，像蜜蜂采蜜，像潮汐，像云的聚散，穿梭于彼此短暂的孤独中，像一个启示。

城市，很多人迅速地赤裸自己……

III 自我的分割

将会听欢乐在呐喊中、哭泣中、呻吟中、痛楚中、孤独中、求救中、死亡中，将会知晓上帝之本心，圆之力量，在于循环，圆之秘密，在于无序。

——《末日法典·形象》

我想起很久以前的一个女孩，她很喜欢玩拼图，她对颜色有天赋的敏感，她喜欢康定斯基和波洛克。一次我买了一幅波洛克作品送给她，她说如果让她分割997次，她能重组出一幅康定斯基，如果分割1013次，则可重组出克里姆特。她看着我，问我是不是心疼这幅精致的仿品，但我只关心人类的创造力，赝品与真品都一样。

第二天她开始分割那幅画，997次和1013次都是无法均分的，于是她又复制了一幅，她把两幅画放在一起，她在我们的地板上工作了几个小时，那些画作变成了一个个密集的点。她又找了一张很大的白纸，在上面记下许多数字和字母，她好像在计算什么，她在白纸上画圆，那些圆如同变幻莫测的魔术，有时候会组成奇怪的图形，我们在那些图形上接吻、拥抱。两天后，我们有了两幅克里姆特的画作，一幅哲学，一幅医学。

我看到小屋中的火星人成为了一堆色块，火星女孩在色块中看着我，用眼神告诉我她要一棵蜀葵，蜀葵是最高贵的生命。

我大脑里顿时出现一所房子，没有背景，只一所房子，是所有的场景。它在荒原上，或者在城市，在一片漆黑中，或者正在燃烧着火，那仿佛是从时间中提取出来的某个地方，那房子里出现了一个形象，仿佛是我，我用第三种视角来看我自己。那个"我"走进一间屋子，屋里挂着那两幅克里姆特，我和"我"都看到几个熟悉的人，还有陌生人。

那个"我"走近了，才引起他们的注意，而他们围着另一个男人，那个男人和我长得一模一样，他在跟一个女孩接吻。那个男人也是我吗？人们看到那个"我"，于是一切都仿佛静止了几秒钟，那个"我"开始流泪，转过身去。

大脑中的场景就此结束。我不知道那个"我"有没有离开，或者就像现在我看到那个"我"一样，还会有另一个"我"看到现在的我。

她为何要一棵蜀葵？因为我爱蜀葵，我把蜀葵放在家的周围，却没有人发现它的美好。我想给她一棵蜀葵，蜀葵在门外，种植者在远方，花的世界观，在野蛮人的笑声中。风筝在桥上，蝴蝶在哲学里，火星人形成的色彩开始流动，显得有些忧郁。

我走出屋子，我知道河边的花园里有蜀葵，九点钟，我可以去采一朵。

也许她说的蜀葵是另一种花？很可能，但即便如此，我也想去看看蜀葵。

路上我遇到一个女孩的背影，一直在我前面，我希望她很美，我没有看到她的脸，我很想叫她停下来，她好像一个熟悉的人，但我不知道如何对话。总不能从火星人或望月新一说起吧，她知道火星的毁灭吗？我怎么邀请陌生人到家里和我一起看那些奇迹呢？我摘下一朵蜀葵，它并不完美，花瓣破碎了，我往回走。不一会，我听到女孩的求救声，她遇到了"坏人"，但那与我无关。

IV 万物藏密码

不存在之物亦存在，正如不可解之绝对之存在。神说到密语,便是说不可解之物,领受神意,万不可轻信他人,亦不可轻信内心。

——《末日法典·心境》

回到小屋才想到忘记了钥匙,我敲门,但没有用,他们听不到我。

我在门外,我听到火星男人和女人喝水的声音,我听到他们的满足感。

于是我把敲门的信息写入到水的结构中,人类甚至还并不清楚水的结构,但我知道,他们会如何感知。一个H消失了,那是我的语言,而氢原子开始逃离,火星女孩的杯中,水开始起火,成为了氧气。

几分钟后,行动迟钝的火星人来给我开门,这时我想到也许他们中间有一个首领。

回到小屋,我开始仔细审视他们,火星人长得如此相似,我已辨别不出那个火星女孩了,他们成了色彩,他们一个个走出彼此的时候,便是流动着的画作。

我把蜀葵放在地板上,果然,不一会那火星女孩醒了。她说了很多位的π,她说她听到了蜀葵的声音,她仿佛理解了我,或者接收了我,她用眼神告诉我蜀葵的声音就是巴赫,还有博尔赫斯的诗歌,那朵花要死了,死是美好的,地球也会死去。

我觉得她很美,像我小时候画过的外星姑娘。她理解了我,过来拥抱我,我们开始接吻,她脱去我的衣服,另一些人便将那衣服点燃了,火开始蔓延,他们说,需要走得更远更远。于是,一些火星人开始在我的屋子里挖洞，但那不是真正的洞，而是一个洞一样的形象，他们自己构造一个洞，在我那小小的空间中。

窗子被点燃了，我作为一个人太久了，也许，我该去关心别的东西，甚至去爱他们，成为他们，让我的身体体验他们的困境？我就这么想着，仿佛许多个我在想。

我忘记了时间，我成为了色彩，我忘记了黑夜，我睡得很香。

我梦到了一个解开谜题的方法，而我还不知道谜题是什么。

V 失败的上帝

神将视漠视为敌对，生于痛苦的，是对不可知起疑和忽略的，这人必将受惩罚。

——《末日法典·启示》

当我醒来，我知道，我又失败了。

人们来我这里，不是询问什么，而是来寻找外星人，人们很疯癫，一个老人说，他看到飞船停在我家门前，一群高大的人走进我的屋子。老人身后是一群愤怒的人，手里拿着武器，再后面是警察，他们说必须找到外星人，他们想知道地球的命运。

我指着墙上的一幅画说，看看这幅画吧，问问它。

他们觉得我在胡说，一个艺术家模样的人钻到前面，说，这幅画不错，但地球要毁灭了，它有何意义？他拿出刀子，恶狠狠地在画上划了几道，只有我看到了火星人那透明的鲜血流了出来。我看着，我知道，我又失败了。

没有人知道，死亡只是一个游戏，恐惧只会让它尽快结束。

人们开始殴打我，但我并不疼痛，我已经疼痛过了。

接着，我被迫离开小屋。我知道，火星人会死去，那幅画会被烧毁，那就是火星上的人们，他们成了一幅克里姆特。但这难道不是自作自受？这场游戏的谜题是什么？对于人们，也许是地球何时毁灭，也许是他们还能活多久，但对于我，却是他们为何不来问我。

他们只为自己的生死与幸福祈祷，也许是真诚的，但为何，没有人来询问我那最基本的问题。我知道火星的毁灭，他们具有了毁灭一个星球的能力，但他们误解了我的意思。

我被警察带到监狱，那些官员开始代表人类审判我。

但信息的传递变得更慢，我知道，那些亟须答案的人，再也无法理解我。

我厌恶他们了，我要离开。

VI 囚困中交流

末日将有灿烂光景呈现，盲人可见，而耳聪目明者却装作不知，因最后的救赎，将是黑暗。

——《末日法典·黑夜》

他们慢慢失明，许多人。

随着眼睛的失明，一种视觉上的无限小展现开来，我知道，那是某种"我"的赐予，是我或许忘记的方式。色光开始红移，很慢很慢，过了很久，有人看到一片纯红色的背景，太阳出现，那仿佛又是一幕戏剧，纯红色的幕布，构成融合了生死的场景，像弑、像日、像死、像生。

地球上有人创造了这部戏剧，一个人间的大师。昨日黄昏中，血色漫布的长街，一座昏暗的城市，我曾经想自杀，我记得我死亡之前所有人都种植了红色的玫瑰，血红血红。福尔马林国那收获溶液的人，独立国那骑自行车的人，帝国那热爱广场的人，来了，玫瑰被切下头颅，没有人抗议他们，他们象征性地扔给主人两个铜钱便走向下一户人家，不浪费一句口舌。种植红玫瑰是许多国家的义务，人类自己代替我成为独裁者。

我发现自己也什么都看不到了。火星是这样一个地方，所有人的思想基础便是"无"，那是他们存在的核心，存在与一切无关，甚至无限，无即是无限。火星毁灭了，但我们知道它还没有毁灭，因为无限中消除一部分依旧是无限。

存在即无，一个盲人看到了监狱中的我，他对我说。

于是我们一起听音乐，他们眨眼，眼球变换色彩，他们喜欢音乐，就像火星人喜欢色彩一样，但他们不想交流。我问，音乐中有善意吗？

盲人们并不知道，火星毁灭前，火星人用尽了色彩，这才是毁灭游戏的有趣之处，火星并未爆炸，但人们看不到它了，它成为了虚空中无色的界限。而地球，将会失声。

所以，盲人们没有回答我，他们不可能回答我。

我们一起坐着，窗外有树和风，星星渐渐闪现，没有回答，就是不需要善，因为我是法则的创造者。

VII 游戏的结束

上帝七日毁灭世界，上帝说，要有黑暗，于是光便消失了。上帝献祭自己成肉身，为这黑暗造出新光。

——《末日法典·献祭》

长长的墙，他们开始建筑一座墙，盲人们和我被囚禁在里面。

这是最后的游戏，他们囚困所有人，也囚困自己，如果他们真正将几何学运用到生活中，便会如此说。我在这长长的墙壁上写着 π，我不想知道结局，却总是会想到很多故事。蜀葵在门外，种植者在远方。

与此同时，我知道，有一个人觉得我留下的那些色块是一幅星空图像，他们在建造飞船，也有人整夜梦到一分为二的男人，在时间中警示自己未来的恐惧与黑暗，那些将成为真理的猜想。还有人会验证选择公理的正确性，他们天生就具有这种能力，然后慢慢自毁掉，他们从孩子身上得知总是会存在一个可计算的最优解，那是本质。不必做无限次运算，我听到有人说，用感触、美、诗、和谐，你理解的宇宙，他们只欣赏数学，却不应用，只理解智慧，却不让它服务于生活，他们只需要水而已。

真的不错，他们知晓得挺多，现在，他们该把苹果吐出来了，于是，人们口中吐出一只只苹果，苹果在天空中飞行，寻找那棵生长了它们的树。

真的很好，他们非常地驯服，现在，该让苹果的果核入土了，于是，人们口中吐出一颗颗果壳，果壳落入大地深处，大地深处将会呈现出珍珠。

时间就这样开始了，最初的时候，这里只有一道长长的墙，我在墙上画着那些密码，π，没有轮回与循环的圆，这是我的秘密，我欺骗了他们，他们只有一次机会，面对无数枚核弹、中子武器、化学武器和基因武器，但不会了，我保护了他们，他们消失了。

而色彩却重新出现，长长的墙上，颜料开始形成一种新的形态，我爱的形态，色彩斑斓的两足动物，火星女孩，我抚摸着她的头说，没有循环，只有快乐。于是，她兴奋地变成植物，大声呼喊着π，那个快乐的秘密，我们做爱，不久后，那些新的人越来越多，而我，渐渐地成为了色彩，成为了他们的样子，我要跟着他们，那些新生的命运，我跑向几个跟我一样的家伙，除了听到那女孩大喊着π的快乐，我忘记了一切，我接受最初的困惑。

墙，场景，无物的空间，游戏的结束。

我睡在这正在觉醒的地方。

彗星（结语）

每个人类的时代，纯粹的思想并不一定获得表达，但每个个体的进步却体现着一种恒定的意义，它甚至不必为人类的文明而证明，而在于从更高级的维度上形成一种形而上的美。也许没有一个能够突破某种最终困惑的思想，但一种美，恒定地维系着我们要去探索的黑暗与未知，这种对称和宿命般的循环，让人迷恋，这或者就是我们存在的意义。去解谜，在这个过程中，寻找或者并无答案的答案，寻找它，那种绝静中的初始程序，就像这世界上有一种彗星的轨迹是直线，在无穷远处与自己相遇。

创造误读的宇宙

误读藏着人思维的密码。

每件艺术品都要为人提供误读，这应源于"读"的性质，它是可变的，而语言行为是最初的智慧表现，它是原始的、有力的，它确定着世界的存在。

席勒创作时，会消除确定性的逻辑形象，而进入一种音乐情绪的体悟，这种音乐氛围带来的审美结构是一种原始的、个人的、感性的"譬喻般的梦境"。叔本华将音乐看作最好的哲学表达，而纳博科夫也注意到，一个表面荒诞的卡夫卡对理智认知不经意的观点：《变形记》中显然将音乐作为语言消失后仍可进行表达的超语言，也许卡夫卡并没有意识到小提琴对格里高利的重要性，因为那应属于非逻辑的认知。

人类也许曾对秩序如此着迷，但伴随着数理逻辑的发展以及对认知行为深层结构的不断发现，我们逐渐意识到"心"与"脑"的区别，它们交相呼应，如同思维的交响。贝多芬晚年数篇作品洗尽浪漫主义的铅华而重归古典主义的严谨，以其天才与匠心，诉说丰富的生命体悟，遥想波澜壮阔的数十年，他或应进入激情的咏叹或自恋般的自语，但其格式最终却彰显出某种克制，宁可牺牲其华丽与高亢，去描绘黄昏中的孤独和深邃。或许音乐家创造这一表达方式时,另一种更为坚固的东西如远在银河系中的木偶丝线般牵动着他,那种秩序和理性,在神经元的层级体现着另一种自我,对于生命的体悟与审慎是两只不同的眼睛,不可完成吻合,进而音乐和语言甚至包括潜意识中瞬息万变的活动,都相互缠绕蔓延,其中无法分辨的真实与误读共同构建着创作者和作品。

而当我们离开音乐的直观性,通过人类掌握的描述自身的语言天赋,将自我与外部世界区别之后,我们也不幸地被卷入沧海横流的语言大潮。这在神话形成之时便已无可避免,恰如缪斯传递给斯芬克斯语言(谜语)来描绘人类,俄狄浦斯面对语言形成的自我的镜子,恰如面对智慧女神雅典娜那镶嵌着美杜莎头颅的盾牌。斯芬克斯对人类的描述如此简单,也绝非定义,却拥有了让人化成石头和死亡的魔力。赫拉或缪斯创造这个简单的形象化又谜题化的描述,从形式上展现古希腊逻辑的智慧,它是一种归纳法,将存在于世界的某种概念的属性概括起来,而对于人类本身,又可通过这并不坏的但被迫的解释找到认识自我的方式。最后,猜出谜题的俄狄浦斯依然回归到整个悲剧的背景中,它成为宿命象征,宿命便是对言说者最高的法则。人们看到斯芬克斯的著名谜题,就会想到自己,这是一种无意的自我指涉。误读乃至整个认知行为都存在着某种自我指涉,这种宿命感的迷雾凌驾于所有能思考的人之上,让人审视的并非仅仅是孤独的处境,更是这种处境的恒久和不可抗拒。所以,面对缪斯对人的误读,俄狄浦斯无法辩论,他回答斯芬克斯谜底是人，而不狡辩说是别的什么，然后，他走入自己的宿命。

因此，误读的重要性在于每一次自我的发现和牵强的定义都伴随着误读。误读包含许多可能，每一次误读甚至都全然不同，或有戏谑（如同安伯托·艾柯笔下被解构的经典世界），有严肃（从某种意义上说，阐释便是误读），有创造性（每一部被笼罩上神秘主义色彩的伪书），有必然性（许多久远的东西没有人曾读到过真实）。甚至现代性的误读如不是有意为之，则不具有长久的价值，不包含误读的世界，便没有任何个人的思考。

当然对作者来说，声明误读的好处在于，它可以遮蔽各种对于非逻辑性问题的争论，以无知（无邪）的状态示人，也让人觉得有意为之。因此，误读甚至不必与元典发生不可或缺的联系，试举几例：譬如对纳博科夫《微暗的火》的误读，作者以卡申夫的蝴蝶为线索，制造了另一个时空的故事。譬如对塞尚的误读，作者虚构着被误读者或许不曾有过的思想，以此来解释自己的困惑。再或者我们时常可以在艺术品中发现一些有趣的缺憾为误读打开一扇窗口，譬如贾木许电影《离魂异客》中那个金矿中的殖民者老板迪金森最终的归宿，影片并未直接交待，但这是否是一个开放式结局的暗示？或者，它引向了一个更大的世界，生发出天使望故乡一样的故事。

所以，误读创造新生，每种艺术都值得误读，通过对他人的误读，我们努力寻找对自己的解释，这便是误读者创作的目标。《误读全书》虚构历史，从毕达哥拉斯到哥德尔等数十位数学家、哲学家、科学家和艺术家都形成了自己的故事片段，而其文本尽量达成一种自我指涉的结构，即由故事主体的某一重要思考，引导故事所呈现的情节与语言，如从莱布尼茨的逻辑语言构想映射到鸣叫的独角兽，从康托尔的一一对应法则，映射到对完全而准确的表达的探讨，因此它是一种语言和思想的拓扑，同时也是一个片面的但本质上不能达成完整性的表达。其文本运用大量隐喻、魔幻、邪典和诗化的描述，甚至因作者对被误读者真实思想的不求甚解，生发出许多怪异的解构和抽象化，然后重新具化出完全不可信的世界，但作者却可以声称，所有对这一不可信世界的阐述，也都属于误读而已。

最终误读形成一个不尽的循环的语言之海，作者在这无知的海洋上漂浮，通过自言自语欺骗自己理解世界，但它仅成为自我，以及为另外的观测者们提供人类思维密码的标本。

萧萧树

图书在版编目（CIP）数据

误读全书 / 萧萧树著. —— 福州：海峡文艺出版社，2020.4
ISBN 978-7-5550-2182-7

Ⅰ. ①误… Ⅱ. ①萧… Ⅲ. ①随笔—作品集—中国—当代 Ⅳ. ①I267.1

中国版本图书馆CIP数据核字（2020）第035661号
本书中文简体版权归属于银杏树下（北京）图书有限责任公司

误读全书

萧萧树 著

出　　版：海峡文艺出版社
出 版 人：林玉平
责任编辑：陈　瑾
编辑助理：卢丽平
地　　址：福州市东水路76号14层　邮编 350001
电　　话：（0591）87536797（发行部）
发　　行：后浪出版咨询（北京）有限责任公司

选题策划：后浪出版公司
出版统筹：吴兴元
编辑统筹：朱　岳　梅天明
特约编辑：宁天虹
营销推广：ONEBOOK
装帧制造：墨白空间·黄海

印　　刷：环球东方（北京）印务有限公司
经　　销：新华书店
开　　本：880毫米×1194毫米　1/32
印　　张：9.75
字　　数：192千字
版次印次：2020年4月第1版　2020年4月第1次印刷
书　　号：ISBN 978-7-5550-2182-7
定　　价：45.00元

后浪出版咨询(北京)有限责任公司常年法律顾问：北京大成律师事务所　周天晖　copyright@hinabook.com
未经许可，不得以任何方式复制或抄袭本书部分或全部内容
版权所有，侵权必究
本书若有质量问题，请与后浪出版咨询（北京）有限责任公司图书销售中心联系调换。
电话：010-64010019